bijo
stay
home
mariko
hayashi

林真理子

美女ステイホーム

マガジンハウス

華麗なるプラチナウィーク

目次

モテ期フォーエバー

魅惑のトーキョーナイト

美女ステイホーム

イラスト

著者

華麗なるプラチナウィーク

ためちゃう心理

私の隣に住む友人、正確に言うと私の隣にうちを建てた友人は、お茶の教室をやっている。

この友人の本職は女社長で、その自分勝手なこと、わがままなことは信じられないレベル。あまりにもいろんな出来ごとに遭遇したので、私はそのエピソードを元に「最高のオバハン 中島ハルコの恋愛相談室」という小説を書いた。するとこれがものすごく面白いというので、今をときめく漫画家、東村アキコさんがコミック化してくれた。ぜひお読みください。(『ハイパーミディ中島ハルコ』全三巻)

ところでこの東村さん、おしゃれでセンスのいい女性であるが、最近、和にめざめたという。

「着物をもっと着たいし、お茶を習いたい」

というので、隣のオバハン、じゃなかった先生を紹介してあげたわけ。

ふつうの人ならびっくりする隣家の先生であるが、さすがクリエイター、

メルカリか
断捨離か

「とても面白くてバイタリティのある方。いろいろ勉強になります」

けなげに言って、まじめにお稽古に通っている。すぐにやめてしまった私とはまるで違う。よく考えてみると、ここのお弟子さんのうち四人は私が紹介した人なのである。

最近のこと、タクシーを降りてうちに入ろうとしたら、にぎやかな笑い声が。初釜を終えたみんなが、ちょうど帰るところであった。

「久しぶりー」

「あけましておめでとうございます」

などという挨拶があって、私はみなの着物を誉める。男性は羽織袴、女性は訪問着でビシッと決めてる。

「みなさん、ステキですねー」

と誉めたら、

「私のこれ、みんなマリコさんにもらったものですよ」

とA子さん。うちから一軒おいたマンションに住むA子さんは、ふつうのサラリーマンの奥さんなので、あまり着物を買うことが出来ない。だから私が、まだ手をとおしていない訪問着と帯をあげたわけ。彼女はそのことにとても感謝して、

「ほら、見てください」

とぐるっとまわって見せてくれる。

「よく似合うわよ」

と誉めた後、私は彼女にもうあと二、三枚あげようかなーと心づもりをした。

ところがその日の夕方のうちに、隣のオバハンからラインが。

「A子さんの着物、あなたからのもらいもので、よく似合うとお茶会で話題になりました。派手になった着物を、あと何枚かさしあげてください」

とはっきり命令形である。自分はといえば、「私のは身丈が合わないから」だって。あまりの図々しさに、腹が立ってくるよりも笑ってしまう。そんなに着物をあげたければ、自分のをあげればいいではないか。それに女にとって着物は特別なもの。思い出もあるし高価なものだ。そうホイホイとさしあげられません。今まであげるつもりだったけど、人に言われるとなんだかその気がなくなってしまうの。

考えてみると、この頃私はちょっとケチになっているかもしれない。

今までだと、いらない洋服をどさーっと段ボールに詰め、田舎の親戚に送った。着物も好きなコに何枚もあげた。ところがこの私が、全くといっていいほど靴や洋服を処分しなくなった。それはなぜか。

今までだとどっさりと断捨離していたのであるが、今はとっとく。メルカリというものが出現したからである。

私の靴箱には履かない靴がいっぱい詰まっている。今までだと足の大きな姪っ子にあげていたのであるが、このところはその姪を使ってメルカリに出す。

「もうけは半分あげるからさ」

　すると喜んでやってくれる。

　靴も売れるけど、コートや古いアクセサリーも売れる。ちょっとしたお小遣いぐらいにはなる。めでたし、めでたし……、と思いきや、姪が就職してしまったので、誰もめんどうくさいことをしてくれなくなったのだ。

　そうしたら友だちが耳よりな話を。

「ZOZOTOWNなら、段ボールに品物いっぱい詰め込んで送れば、一点一点査定して買ってくれるわよ」

　そうかと思えばこんな意見も。

「それよりも高級ブランド専門店があるわよ。そこも段ボールに詰めればいいだけ。ハヤシさんの好きなジル　サンダーとかプラダは、古くてもいい値段で買ってくれるから」

　心が動く。そんなわけで洋服をとっておくことにした。彼女が言うには、高級ブランドだけでなく、ユニクロものすごく人気があるそうだ。

「捨てちゃダメよ。昔のデザインのもの、組み合わせて着たいって人気すごいの」

　そんなわけでユニクロのTシャツも捨てない。

　ふと気づく。私は本当に捨てなくなってる。クローゼットや段ボールにたまるだけ。これっていいことなんだろうか。エイヤッと捨てる快感もあることだし。

帰ってきたブローチ

久しぶりでパリへ。

パリ、パリ。パリのことをこのエッセイで何回書いただろうか。

バブルの頃は、しょっちゅう買物に行っていた。エルメスの本店には日本人店員さんがいて、私の担当者もいた。何個もバーキン出してくれたし、色や革のオーダーも受けつけてくれた。しかし今は中国人店員さんばかり。三年前（二〇一六年）は残っていた日本人店員さんが一人いて、クロコのバーキンを売ってくれたのが最後の思い出。

今回顔を出したら、その店員さんは辞めてしまって、ただ一人の日本人店員はケンもホロロ。バッグを見せてもくれなかった。

あまりにも失礼な態度に、過ぎ去った日々を思う私。あの頃はよかったなぁ。バーキンやケリーもふつうに買えたんだけれど。日本人の店員さんともご飯食べたり仲よしだったっけ……。

当時は、女性誌のグラビア取材で、パリに行くことも多かった。今じゃ海外取材は近場

ボンジュール！

の台湾ばっかりで、パリの特集組むところはめったにない。

そう、パリ・コレを見るためにファッション誌のパリ支局のアパルトマンに、二週間住んだこともある。その頃、マガジンハウスの取材のご一行も来ていて、すごくにぎやかだった……。

あぁ、そんなことを言っても仕方ない。今回のパリでは買物よりもルーブルに行ったり、藤田嗣治展を見たりと、ひたすら歩く私。

冬のパリに来るのはめったになかった。灰色の空は陰鬱な感じがするけれど、それが古い建物ととてもよく似合う。観光客もすくないシックなパリだ。

街いく人たちはみんな黒ずくめの格好をしているのであるが、よーく見るとみんな〝巻き物〟で個性を出している。それがとても素敵だ。若い人はブルーや黄色や鮮やかな色を、年増のマダムたちは、複雑な色のストールを巻きつけている。男性も巻き方がうまくて、格好いいったらない。

ついこのあいだ、うまーく巻いてる知人に会ったので、それを誉めたら、

「ユーチューブで見て研究しました」

だって。私は本屋で『ストールの巻き方』という本を買おうかと思ったのであるが、八百五十円したのでやめた。ストールの巻き方なんて、本見て習うもんじゃない、という気持ちがあったのだ。

ほら、テキトーにぐるぐる巻きゃ何とかなる……ならないか。

私はパリで巻き物を研究した。そしてわかった。こちらの人は、顔が小さく首が長い。だからぐるぐる巻きがさまになるのだ。何重にも巻いて、首のまわりにボリューム出しても、顔がちょこんと出る。これが日本人、いや、私の場合うまくいかないのである。ストールを巻いてだぶつくぐらいなら、何もしない方がずっといい。

そんなわけで、私はハイネックのインナーを着て、あまり巻き物をしないようにしている。胸元を出来るだけすっきりさせているわけ。その代わり、最近ブローチが好きになった。一個つけるかつけないかで、印象が大分違う。しかしそのブローチが、ダサいものであると、とたんに全体がひどいものになるけれども。

シャネルのブローチは大好きだけれど、このコはわりとわがまま。

「姉妹以外の人とはうまくいかないもん」

という態度を崩さないのである。他のブランドのニットやジャケットとは、いまひとつ相性が悪い。

シャネルのじゃらじゃらネックレスも同じ。あれをふつうのジャケットやワンピースにつけると、ネックレスだけが目立つ。なんだか、

「せめてアクセだけはシャネルにしたい」

イタい人になってしまうのだ。

しかし、本物のシャネルスーツに合わせると華やかさが増す。ネックレスを二つ重ねてもＯＫ。決して下品にならないのだ。

「私、お姉ちゃんスーツ以外には、シカトしちゃうから」

と言っているようである。

その代わり最近大活躍しているのが、グッチのブローチ。昨年秋、台湾旅行で買ったものだ。モノグラムを、模造のダイヤが四角くとり囲んでいてとても可愛い。ジルサンダーのシンプルジャケットにも、ワンピにも似合う。どこへしていっても誉められる。

ところがある日、レストランでコートを脱いだ私は声をあげた。ブローチがないのだ。途中で落としたに違いない。口惜しく、悲しかった。私はリベンジを果たすべく、今回のパリで同じものを買った。ちょっぴり高いけど、もう朝に、「あれさえあれば」と思うことはない。

ところがパリから帰った次の日、二週間ぶりにエステへ行った。そうしたら、

「これをお忘れでしたか」

と例のブローチを出してくれるではないか。仕方ない。二個つけることにしよう。おしゃれ番長のホリキさんなら、

「すこしずらしてつけると可愛いよ」

と言ってくれるに違いない。

いい男ウィーク

パリから帰ってすぐ、私は歌舞伎を見に出かけた。

とても面白かったのであるが、なにせ時差ボケがまだ抜けきれていない。昼の部だったのでパリだとちょうど真夜中。

「寝てはいけない。居眠りしたら役者さんに失礼だ」

かっと目を見開いて一生懸命見ていたのであるが、長唄のあのゆる～いメロディと三味線の音というのは、本当にいい気持ち。何度か意識を失ってしまった。本当に恥ずかしい。

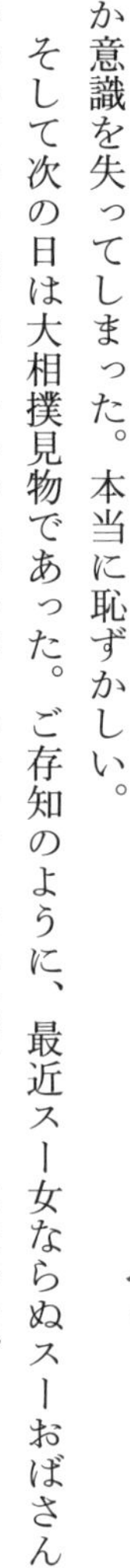

そして次の日は大相撲見物であった。ご存知のように、最近スー女ならぬスーおばさんがかっている私。知り合いから砂かぶりのチケットをいただくようになった。
脚本家の中園ミホさんと、向正面の四列めで見ていたら、あっという間にスマホにラインが殺到。
「今、お相撲見てない？」
「テレビに映ってるよ」

まるで背景のように、私たちの顔があったそうだ。ここでもし居眠りをしたりしたら、日本中に放送されることになる。どんなことがあっても目を開けていなくては。

幸いなことに、偶然私の真前に大学の同級生が座っていた。同じゼミの男性。この人がやたらお相撲に詳しく、いろんなことを教えてくれた。しかも、

「また席があったら譲ってやるよ。ライン教えて」

ということで再び仲よくなったのである。この彼とあれこれ喋っていたら、眠るなんてとんでもない。それにその日の取組は、充実したとても面白いものであった。やがて私のひいきのA関が土俵にあがる。

「A関〜〜、がんばれ〜〜!!」

中園さんと二人で声をあげる。

このA関はかなりの苦労人。ケガをして、序ノ口まで落ちてしまったのであるが、また這(は)い上がってきた。ある人を通じて、

「彼を応援してやってくれ」

と頼まれたことがきっかけで、部屋の後援会にも入った。A関はとても性格がいいうえに、今の角界ナンバー3に入るイケメンである。私がエールをおくるのも当然でしょう。

しかし残念ながら、その日のA関はころっと負けてしまった。

「私が見てると、いつも負けるの。テレビ見ててもそう」

中園さんも口惜しそう。

ところで砂かぶりの席は、いっさい飲食が出来ない。そこが枡席と違うところだ。その日の私と中園さんはお昼を抜いていた。なぜならばA関の部屋の親方から、

「終わったら、うちで夕ご飯を」

と誘われていたからである。聞くところによると、そこの部屋のちゃんこは、角界でいちばんおいしいそうである。

その日のメニューは、ブリしゃぶに、お好み焼、お魚のあんかけ、鯛のお刺身であった。ブリしゃぶは、大きな鍋で若い衆がつくってくれた。新鮮なお野菜もいっぱいで、そのおいしいことといったらない。思わずおかわりした。ご飯もやっぱりいただいちゃいます。こういうところで大量に炊く白米はおいしいに違いないと思ったら、やっぱりおいしかったァ……。

そして次の日は、プラチナチケットを手に入れた友人に誘われて、ジャニーズの帝劇の舞台に。

嵐のあの衝撃的なニュースが流れる何日か前のことである。今めきめき人気のキンプリの、可愛いこと、カッコいいことといったら。その他にもデビュー前のグループが出てきたのであるが、どのコも魅力的で、歌や踊りのレベルが高い。

中でも私が気に入ったのは、すごい迫力のあるパフォーマンスをしていた、大柄な男のコたちのグループSixTONESである。やたらセクシーで素敵なんだ。

「噂には聞いていたけど、めちゃくちゃカッコよかったよ」

この担当のシタラちゃんにラインしたら、

「さすが、ハヤシさん、おめが高い」

という返事が。

「今、彼らはものすごい人気上昇中。CDデビューはまだですが、アリーナコンサートのチケットは、入手困難となってます」

そう、ジャニーズのアイドルは、次の世代がしっかりと育っているのである。よかった、よかった。

「私は彼らを見てると、本当に元気もらいます」

とシタラちゃんは言う。ユーチューブの番組もとても面白いそうだ。

そして、次の日は大相撲千秋楽。どこの部屋でもそれを祝うパーティーが開かれる。私たちも親方に誘われた。A関は幕内なので、黒い羽織袴。男ぶりがいっそうさえる。美男力士は、まわし姿とこの羽織姿が素敵。ため息が出るぐらい。彼はカラオケもうまかった。

めまぐるしい四日間であったが、いろんなタイプのいい男を見られて、本当に大満足の私である。

同一人物です！

別人みたい
と言われてしまった……

女四人で河豚（ふぐ）を食べに行った。

ここのお店の河豚はとてもおいしい。やや厚めにひいてあるタイプ。ぷりっとした河豚のひと切をコウトウ葱（ねぎ）に巻きつけ、冷酒と一緒に喉に入れる快感といったら……。

ここの河豚はとても高い。しかもキャッシュ。私は人をご招待するたびに、近くのコンビニでお金をおろすならわしに。

しかしその日はとても気楽であった。女四人でワリカンで食べることになっていたからだ。

ビールで乾杯した後、透きとおる牡丹のような河豚の刺身を食べていた時だ。A子さんが言った。

「マリコさん、ちょっと太ったんじゃないの」

「そーなのよ」

暮れのハワイは、なんとか乗り越えられたのに、パリで油断してしまった。ハワイのジ

ャンクな食べ物は用心していたのに、

「せっかくパリに来たんだから」

という言いわけが、デザートを何種類も食べさせたのである。

「だけどもういいの。私、デブで元気なオバさん路線で行くから」

と思っていたところ、支障はいろいろなところに。まずスカートが入らなくなった。大きめのワンピだと、シルエットがまるで違ってくる。

それよりも写真があきらかにわかる。私は週刊誌の対談のホステスをしているのであるが、今週のはひどかった。顔がむくんでいるのだ……。

「せっかくあんなに痩せたのにもったいないじゃないの」

親しい女友だちなので、A子さんはズバズバ言う。彼女はライザップで十キロ減らしたけど、すぐに戻してしまった。その自分の口惜しさも含めてのアドバイスだと思うので、私はじっと聞いていた。しかしこのきついひと言が。

「まるで別人みたいよ」

この言葉にぐっときた私。どれだけ身にしみたかというと、しめの雑炊に手を出さなかったぐらいだ。

「暮れのマリコさんとはまるで別人。いったいどうしたのよ」

私は思わず泣きたくなった。そーよ、私は根性というものがまるでないんですよ。

その夜、彼女からラインが。

「マリコさん、今日から食べたものを報告し合いましょう。お互い頑張るのよ」

そして彼女から夕食の報告が。

「ヒレ肉ステーキとサラダ、おひたし。自宅で。だけど炭水化物抜いてるから、痩せると思うわ」

私も書く。

「銀座でお鮨。お腹いっぱい」

こんなんでダイエットになるはずない。

私はある写真を見つけようと、スマホをせわしく動かしていた。すると昨年の秋頃の私の写真が出てくる。驚いた。今よりもずっと痩せているのだ。五キロ太ると、ここまで違うかという感じ。

これは私が見つけた真実であるが、

「過去の写真見て、痩せてるなー、と感じたら、それは今の自分が太ってる。まぁ、この時の私、なんて太ってるの、と感じたら、今の自分は痩せている」

だから前の写真を見るのはいいことだ。私はものすごく反省したのである。

「マリコさん、今月の二十八日までに、四キロ痩せましょう。頑張りましょう」

二十八日にパーティーがある。A子さんはそのことを言っているのだ。はい、わかりました。頑張ります。

ところでヤフーニュースを見ていたら、整形をカミングアウトしたタレントさんが出てきた。彼女は芸能界デビューするにあたり、自分の顔に七百万かけたことを、はっきり告白しているのだ。

芸能人が整形について話す時は、かなりブリっ子しているというのが私の意見。最近よくバラエティで話題になるが、出ている女の子たちは、

「整形ってどうするんですかァー」

「痛くないんですかー」

「ちょっと怖ーいかも」

と、まるで初体験前の中学生みたい。いや、中学生だって、もっときちんとしたことを言うか。

もともと綺麗な人が芸能人になり、さらに美女をめざして、あれこれ微調整するのは少しも悪いことではないと思う。中にはまるっきり、本当の別人になる人もいるぐらいだし。

ところで最近、西原理恵子さんのコミックエッセイを読んでいたら、高須クリニックの高須院長って、自分の鼻にヒアルロン酸入れたり、すぐに抜いたりするみたい。

これって一度やってみたいと思いませんか。鼻と顎にヒアルロン酸入れて、つんととがらせてみる。そして写真をいっぱい撮ったら、気が済んで抜いてもらう。

その前に自分の顔をじっくり見る。そしてこんだけ直してもたいしたことないと確認する。もしかしてすごい美人になってたら続行。これって楽しいような気がするけど。

シャネルリップの高揚感

春が近づくと、新しい口紅が欲しくなる。それもシャネルの。だからデパートに行くと心が騒ぐ。

私は基礎化粧品やエステには、わりとお金を遣う方であるが、メイクにはあまり遣わないかも。肌にちょっぴり自信があるのと、私が行くエステでは、ノーファンデを推奨しているからだ。

以前通っていた皮膚科でも同じことを言われた。

「ファンデーションを毎日クレンジングで落とすのは、顔にペンキ塗ってシンナーで落とすようなもの」

おそろしいことを言うので、この何年かすっかりファンデをやめてしまっていた私。

が、鏡を見るとやはりトシには勝てない。シミも目立つのがポチポチ出てきた。しかし今さらファンデーションもちょっとなぁ。いつもは陽焼け止めにお粉をはたいているだけなので、ファンデを塗ると肌が息苦しくなる感じなのだ。ヘアメイクの人は、

コリアンメイク
ステキです

「薄いリキッドにしたら」

と言ってくれたのであるが、それでも気がすすまない。年をとった女性のファンデーションが、皺（しわ）でよれているのを見ることもあるし……。

そんなある日、ハワイに行く機内販売で、

「薄いヴェールをかけたようなファンデーション」

というのを発見。資生堂のもの。さっそく買ってみたところ、これがなかなかいい感じ。スポンジでさっと塗ると最初は、

「ちょっと厚いかも」

と思うのであるが、肌なじみがとてもよくナチュラルなのである。専門家が言うとおり、この何年かでファンデはものすごい進歩をとげているらしい。

それにファンデを塗っていいことがもうひとつ。帰ってすぐメイクを落とすようになったのだ。

もともとズボラな私は、

「粉はたいてるだけだし」

と、寝るまぎわにお風呂に入るまで、顔を洗わなかった。ずうっとメイクしたまま、テレビ見て本を読んでいたワケ。

しかしやはり、ファンデをつけているという意識はすごいもので、うちに帰るとすぐに化粧を落とすようになった。これはとてもいいことに違いない。

そうそう、私がどうしてメイク化粧品をあまり買わないかという理由をもうひとつ。もらいものがあるから。知り合いのメイクアップアーティストが、自分のブランドのものを送ってくれることもあるし、雑誌の編集部からのいただきものも多い。

アンアンの編集部は、昔からよくプレゼントをしてくれる。そのシーズンの新しい口紅やアイシャドウをくださる。とても嬉しい。しかし全部が全部、私に合うというわけではない。

特に口紅はむずかしいかも。最近真赤なルージュが流行っていて、誕生日にもシャネルの新色をいただいたが、あれは若くてうんと綺麗な人じゃないと似合わない。肌が真白で透きとおるような女のコが、アイラインを強くし、唇をポイントにして真赤に塗る。そお、あのコリアンメイクをすると、ものすごく素敵。が、人と年齢を選ぶ。

私はいろいろ検討した結果、やや赤味の強いピンク・ベージュがいちばん似合うことがわかった。こればっかり使うからすぐになくなる。今はケースにこびりついたのを、紅筆使ってほじくり出してる。なんかみじめったらしい気分である。

しかもだらしない私のこと、ふたにあたるケースの上部分が、みんなどこかへいってしまった。よって私のポーチの中は、片割れだけの口紅がごろごろしてる。

それにしても、化粧直し用に持ち歩く口紅というは、どうしてすぐに失くなるんだろうか。そもそもバッグの中に入れる化粧ポーチも、うちに忘れてくる私である。そして行方不明になる。

そんなわけで出先で買うことも多い。時間がないので、駅中のドラッグストアなんかで買う。これで何度失敗したことであろうか。そもそもお試し用の口紅は、誰も唇に塗らないはず。たいていが手の甲に塗るのだが、そうすると印象がまるで違うのだ。

唯一の成功は、コンビニで売っているニベアの口紅か。これはものすごいすぐれもの。ウェットな感じがとてもよくて、私たちの間でも評判が高い。

とはいうものの、

「口紅を買う」

というのは、華やかな心ときめく行為である。シャネルやディオールの、あの売り場に立つ時の高揚感と緊張は、やはり女子力をアップさせるものと、私は信じているのである。高級ブランドだと、見本の口紅は小さなカッターで切ってくれるから、ちゃんと唇に塗るのもオッケーだし。

そんなわけで、デパートへ行き、シャネルの口紅に、ついでにアイシャドウ、マスカラも買った。アイシャドウはこのところ、ドラッグストアでばかり買っていたが、たまにはシャネルのものを。ほじくっていた口紅は、ゴミ箱に捨てることにした。

アホ面も愛して

本田翼さんのCMが、ものすごくイヤらしい。そお、

「本田翼の目覚ましさし上げます」

というアレだ。

布団の中から、彼女が可愛い声で言う。

「起きてよー、ねぇー、起きてってばー」

シチュエーションからして、隣に寝ているカレシに呼びかけている。

「結婚とか同棲じゃない。どう見てもお泊まりして次の日の朝、っていう感じですよねー」

若い友人A子さんが言った。

「だけどね、現実はあんなもんじゃないわよ」

と私は厳しい。

「若い時はさ、ぴったり抱き合って朝まで、なんていうこともあるかもしれないけど、ある程度トシいったら絶対にイヤ。目ヤニだってついてるし、ヨダレのあともあるかもしれない。髪もボサボサ。そんなのを男の人に見られるのは耐えられないわよね。コトが起こ

った後は、別室に行くか、帰るかにしたいわよねー」

「私だってそうですよ」

　とA子さんも頷く。

「スッピンなんか見られたくないですよ」

「あら、あなたの年齢でもそうなの」

「お化粧を落としたスッピンと、寝起きのスッピンじゃ違いますよ。寝起きの顔を見られるぐらいなら、私はお泊まりなんかしません」

　だけどと、彼女はこんな話をしてくれた。

「仲のいい友だちで、シェアハウスしている人がいるんですけど、男女一緒なんですよ。お風呂上がりの格好で、平気で男の人の前通るし、日曜なんかスッピンでいます。ブラなんかそこいらに落ちたりしてるんだけど、誰も気にしないそうです。私にはちょっと考えられませんねー」

「そういう女の人っているよ。その気のない男の前では、何をしても平気っていう人。空気みたいな感じなんだよねー」

　この頃はもう驚かなくなってきてしまったけれど、電車の中でお化粧している女は多い。ついこのあいだも、丁寧にマスカラしている姿を見てしまった。口紅をちゃっちゃっと塗るぐらいならともかく、カーラーでじっくり睫毛を上げている。カーラーの最中の女の顔って、まぬけそのものだと知らないんだろうか。こういう女のコって、カレの前では全く楽屋裏を見せないんだろうなァとあれこれ想像する。お泊まりした時は、きっと早く起きてばっちりお化粧を済ませておくに違いない。

そお、すやすや可愛い寝顔なんて、ドラマの中だけ。たいていは口開けてアホ面してる。そんなもの恋人に見られたくはない。

昔、若かった私は、

「早く起きた人が、より愛している人」

という名言を残した。相手に嫌われたくないから、少しでも早く起きてあれこれしなきゃ。

話は変わるようであるが、某有名俳優と結婚している友人がいた。俳優さんだからあたり前といえばあたり前であるが、彼はものすごーいハンサム。理知的で色っぽくて、私は大ファンであった。だからその友人によく聞いたものだ。

「朝起きると横に〇〇〇が寝てるって、いったいどういう気分？」

「ふつうだってば」

彼女は笑って言った。

「ふつうのおじさんが寝てるだけだよ」

私だったら、朝起きてもし枕の横に〇〇〇を見つけたら卒倒してしまうかも。

「いいな、いいな。いったいどんな気分になるんだろうなー」

私はしつこく言い続けたものであるが、その俳優さんと彼女は離婚してしまった。私はとても申しわけないような気分になってしまったものだ。

そう、恋愛中の「お泊まり」は非日常的なことであるが、結婚は「お泊まり」が日常になる。目ヤニもヨダレもアホ面も、毎日見せなくてはならない。それでもオッケーというのが結婚なんだ。人間のいちばん無防備な姿を見せ続けていくのである。

今頃、彼女の夫だった俳優さんは、どんな寝顔を誰に見せているのであろうか。それを考えるとドキドキする。

ところで今、「糖質のスパイラル」にはまってしまった私。

週末に自分で料理をし、糖質をカットすると一キロぐらい簡単に落ちる。が、月曜日から外食ばかりの日々に入り、うっかりパスタやお鮨に手をつけたりすると、一日で五百グラム増えてる。すっかりヤケになり、次の日も食べる。するとまた五百グラム増える。

全くやる気が失せていく私。毎朝ベッドの中で、ドッコイショと起き、お尻をぽりぽりかきながらトイレへ行く。ボサボサの髪のまま、お腹を揺らしながらパジャマ姿で階下へ行き、コーヒーを飲む。

夫はきちんとカーディガン姿で新聞を読んでいる。私をちらっと見るけど何も言わない。もしかすると私が結婚生活を続けているのも、こちらの寝起きを見ても、全く動じない夫に心のどこかで感謝してるのかもしれない。

体重計に魔法を

自分のカラダは絶対にヘンだ、と思う今日この頃であった。

ご存知のとおり、ダイエットをやっちゃやめる、リバウンドするの繰り返しの人生。そのうちにカラダが風船のように、伸び縮みするようになったらしい。

先々月はちょっと体重が落ち始め、みんなから「痩せた、痩せた」と言われた。が、パリに行き、好き放題食べることを知ってしまった私。

その後、日本に帰ってきてからも、ダイエット精神が身につかなくなってしまったではないか。

いただきものの甘いものをつまむ。夕食にも炭水化物を食べる。これが日常となった。

ある日など、銀座の高級お鮨屋さんで、

「もういいか」

という気分になる。そお、いちばんいけないアレ。

「こんだけおいしいもので太るなら仕方ない」

というつもの言いわけ。そしてたらふくつまんで次の日、〇・五キロ体重が増えていた。

一日でこんなに太るものだろうかと不思議に思いながら、次の日は某有名和食店のカウンターへ。ここは予約がとれないことで有名な店。私は四ヶ月前から席をとっていたのだ。おいしい料理が続いた後、最後に三種類のご飯が出た。まずひとつめは土鍋で炊きたての最高級白米に、これまた最高級山形牛をスキヤキ風にしてのっけたもの。もうひとつは、はらすの炊き込みご飯。もうひとつはおじゃこの炊き込み。つまり三杯食べてね、ということ。

もちろん私は食べた。また、

「こんだけおいしいもので太るなら仕方ない」

と友人と言い合って。

そして次の日も〇・五キロ太っていた。

二日で一キロ。私はもう体重計にのるのをやめた。

誰でも知っていると思うけれど、体重計は毎日のってやらないと、罰として魔法をかける。あっという間に体重を増やすのだ。

その時、私は重要なことを思い出した。三日後、イブニングドレスを着ることになっている。

紫綬褒章をいただいたお祝いに、親しい人たちが五十人ほどでパーティーをしてくれることになったのだ。場所は人気のイタリアンレストランである。

何を着るかと考えた揚句、このあいだ買ったアルマーニのイブニングといおうか、ロングドレスを着ることにした。

昨年（二〇一八年）末のブルガリ アウローラ アワードで、レッドカーペットを歩いたことを憶えておられるだろうか。その際、ドレスを二枚買った。最初に黒地の花柄を買ったところ、

「こんなのもお似合いでは」

と、店員さんが黒のベルベットを出してきた。値段が安くてびっくり。結局二枚購入した。そしてアワードではベルベットを着たので、花柄の方をパーティーでお披露目したいなと思ったのである。

そこで、久しぶりに体重計にのった。のるのがイヤでイヤで、決心がつかなかった。いっそ今日もよそうと、いったんは服を着たが、もう一度脱いでのった。そうして卒倒しそうになった。わずか一ヶ月で四キロ増えているではないか。

ずっと糖質制限をしていると、いったん摂るとものすごく吸収するのって本当なんだ……。

しかし私は自分をエラいと思った。体重計にのった勇気をまず誉めようとした。

「失敗なんてしょっちゅうある。まず現実を見据えたアンタはエラい」

と自分を慰めた。

その日は、いっさい糖質を口にしなかった。そして次の日、こんなことってある？

一・五キロ減っていたのである。さらに次の日頑張ったら、また一キロマイナスではないか！

とにかく二・五キロ減らして私は当日イブニングを着た。黒地の花柄に、金のストライプが細く入っている。シューズは、ジミーチュウのラメ入りのヒールにした。

そしてそのイブニングを着ると、さすがアルマーニ。ウエストのブラウジングと、縦へ縦へと伸びるプリントのせいで、とても痩せて見えたらしい。

男友だちなど、

「あんなに痩せて大丈夫かと、妻が心配していたけど」

なんてメールをくれたほど。

しかしぜい肉の実力は、いくらアルマーニでも誤魔化せない。二次会に行くため、紺色のワンピにトイレで着替えたのだが、背中を斜めに走るファスナーがどうしても上がらない。

「すみません、うちの秘書呼んでください」

トイレで叫んで、ハタケヤマに来てもらい、何とか上げてもらった。

その後、カラオケへ。みんなの歌に手拍子うってたら、急に寒くなった。なんと、背中がパックリ。どうやらファスナーごと壊れたらしい。仕方なく、私はずっとコートを着ていましたよ。

「そんなに寒いの？」

と不思議がられながら。

美人は骨格

日曜日の午後、なに気なくテレビを見ていたら、衝撃のドキュメントを流していた。そう、タレントの有村藍里ちゃんの顔をまるっきり変えた、美容外科医を取材したものだ。

びっくりしたのは私だけではなかったらしい。次の日、ワイドショーもラインも、この話題でもちきりであった。そして顔を整形した藍里ちゃんにもワルグチはほとんどなく、

「よく公表した」

「キレイになりたい、という心を正直に言ったのはいいこと」

と好意的な意見ばかりであった。よかった、よかった。

私はかねてから、

「美人は骨格」

と大きな声で言っていたが、この整形手術によって証明されたのである。

このお医者さんは、三年前まで腕のいい形成外科医だったらしい。そして美容外科医に

転じてからは、

「上っ面の皮膚をひっぱっても仕方ない。骨自体を変えなくては」

という考えのもと、頭蓋骨を削ったり、くっつけたりしたわけである。

藍里ちゃんは、顎を出したことにより見違えるような美人になった。涙を流して喜んでいる。

彼女はもともとキレイな女の子である。ふつうに暮らしていたら、目の大きな美人で通っただろう。しかし芸能人になり、あの有村架純ちゃんのお姉さんということになると、

「ふーむ……」

と考える人もいるだろう。妹さんの顔と微妙にバランスが違っている。わずかな差なのであるが、印象はまるっきり違う。なんか〝造形の妙〟ということを考えてしまうのだ。特に彼女は顔の下半分が惜しかった。それはわかっていたらしく、歯の矯正もしていたらしい。が、今度はそんなことではなく、頭蓋骨ごと変えたようだ。

「そうだ、やるならこのくらい変えればいいよ！」

生半可なことをしているから、なんとはなしに整形顔になってしまうのだ。

芸能人でも、

「あ、この人、最近やったなー」

と思う人が何人もいる。別に悪いことではない。人前に出る仕事だったらあたり前のことだ。

私がちょっとなーと思うのは、この頃テレビでやたら整形の特集をすること。そのたびごとにひな壇の女性タレントさんが、

「ヤダー、痛そうー」

とかカマトトぶること。そんなこと言うぐらいなら出なくてもいいのに。

しかしこの「骨ごと整形」は、いろんなことを吹っとばしたような気がする。私も若かったらやったかも。

そう何年か前、

「こんなにいろいろ言われるなら、デビューの頃にやっとけばよかった」

とテツオに言ったところ、

「アンタの若い頃は技術がひどかったから、今頃悲惨なことになってたよ」

と鼻でせせら笑われてしまったっけ。

それで私も大人になってから、歯の矯正したりして頑張ったわけであるが、それも限界あるかも。やはり、

「美人は骨格」

しゅっと尖った顎とかに憧れてしまう。

今は骨を直してもらったとしても、その上の皮膚が衰えているので、新しい骨格になじんでくれないに違いない。

とにかくこの美容整形は、私に新しい価値観を与えてくれたのである。

が、想像していたとおり業界は冷たかった。高須院長は、一連の騒ぎを受け、

「あんなことは、うちでは四十年前からやっています」

と答えている。

「本当のところはどうなの」

業界に詳しい人に聞いてみた。するとその人は、

「あの手術は〝骨切り〟といって大がかりなもの。とてもリスクが大きいですよ。あのドキュメントの先生はうまくいきましたが、失敗したら大変なことになります」

「うまい人にやってもらえばいいじゃない」

「でも三ヶ月は外に出られませんよ。藍里さんも次に現れた時は、三ヶ月後でしたよね。ふつうの学生さんやＯＬさんには無理なんじゃないですかね」

「キレイになるためなら、そのくらい我慢する人もいるかも」

「その後、噛み合わせの問題も出てきます。高須先生の〝歯科医と連動しなくては〟という意見、正しいと思いますよ。とにかく気軽にやっちゃいけません」

ふーん、そうなんだ。

それにしてもこの藍里ちゃんの衝撃はまだ続いている。美容整形にややネガティブだった日本人の心を、おそらく大きく変えたこの出来ごと。私も今後注意深く見ていくつもり。

ファッション強者

先日、ある女優さんのイブニングドレスをグラビアで見てびっくり。そぉ、私がこのあいだ買ったものと同じだったのだ。ブランドも表記されているから間違いない。

私もそれと同じドレスで、公の場に立っている。女優さん同士だったら、

「かぶっちゃった！」

と大問題になるところ。しかしこれはノープロブレム！

なぜなら、ほっそりとしたプロポーション抜群の彼女が着ているドレスと、私のそれとが、同じものだなんて気づく人は誰もいないに違いない。この私を除いては……。

ずうっと前の話になるが、某高級ブランドで、ロング丈のガウチョパンツを見つけた。やや前衛的なブランドなので、そのプリント柄はものすごく大胆である。ぴったりと脚を閉じると一枚の絵のようになるのだ。

絶対に似合わないだろうと思ったが、世の中にはいっぺん試着してみたいものがある。

試着室を出たとたん、一瞬の沈黙があった。私の友人は笑い出したいのをずっとこらえ

ている様子。

そして店員さんはさすがプロだ。

「とてもお似合いですよ」

と明るい声を出した。あれ以来、店員さんの言葉は信じないようにしている。

それから一週間後、テレビを見ていた私はあっと声をあげた。モデル出身のタレントさんが同じガウチョパンツを着ていたのであるが、そのカッコいいこと。ちゃんと着こなしているのはあたり前として、長い脚に生地がはためくことにより、モード感がばっちり出ている。

「そうかァ、こういう人が着るものなんだ」

そぉ、ファッションの世界において、力の弱い者は力の強い人に対して、

「ごめんなさーい」

と逃げることになっている。

この場合、力とはお金ではない。スタイルと美であることは言うまでもない。

このところダイエットが少しもうまくいかずいらいらしている私。かの郷ひろみさんの名言、

「体がデブデブになって、いちばんつらいのは自分だよ」

という言葉を噛みしめている日々だ。

糖質に気をつけたり、ジムに行ったりしているのに、体重が落ちていかないのである。

こんな時は、おしゃれにも全く身が入らない。冬の始まりに買った数点のものばかり着ている。いつもおんなじコーデ。

そんなある日、知り合いの女社長から連絡があった。

「最新の脂肪溶解の薬を開発したので、やってあげるわよ」

彼女のことを何度か書いたと思うが、海外の美容機器を輸入し、日本のエステに売る仕事をしている。最近は美容用のジェルや化粧液の開発もやっているやり手だ。

私は彼女のいわばモルモット。最新の技術を、彼女のオフィスでやってもらえるのだ。

「これは開発中で、売る前のものだから」

ということでお金はとらない。

私は申しわけないので、彼女をおいしいところにいろいろ誘ってご馳走する。そして二人とも、デブの道から逃れられないというワケ。

もっとも彼女は、私よりもずっと痩せていて美人であるが。

ともかくその日も、機器を使って美容液を導入し、小顔になるエステをしてもらった。終わって鏡を見ると、確かにきゅっと上がったような。

嬉しくなった私は、そのまま彼女と表参道に直行。春ものを買おうと思ったのだ。

いつものショップに行ったら、担当の店員さんがいろいろ出してくれた。今年はギンガムチェックがトレンドのようで、とても可愛い。

私がまず選んだのは、黒のコットンのジャケット。それからシルクの茶色のギンガムチェックスカート。ふんわりした素材が春っぽい。

スカートを試着してみた。まぁ、似合っているとはいえないけど、どうしても着たいし……。

というわけでこれもお買上げ。するとお店に、一人の女性が入ってきた。そぉ、彼女こそカリスマモデル、◯◯さんではないか。

彼女はもう若くはないけれど、ずうっと女性誌の表紙を飾るほどの人気。私はこの方と何度か対談したことがあるのでご挨拶。相変わらず素敵。

「顔ちっちゃい……キレイ……」

私の友人も感動していた。

「この季節、やっぱり春もの欲しいですよね」

「ほんとに……」

社交辞令をかわしながら緊張。もし同じものを相手が選んだらどうしよう。そうしたら彼女は、私と同じギンガムスカートを手にとるではないか。試着してカード渡してる。

「早く包んで。早く、早く！」

私は店員さんに頼み、そそくさと逃げ帰ってきた。恥ずかしいやら申しわけないやら。

しかし自信がある。お互い別々のところで着ても、全く同じものとは思われないはずだ。

お肌はトレンディ

この頃呪いのようにむくむく太ってきた。頑張って糖質をカットしても、痩せない。しかし家族のバースデーケーキをちらっと食べたり、お鮨屋に行ったりすると次の日は必ず一キロ太る。

これっていったい何なのよ!?

私は「ザ！世界仰天ニュース」というバラエティ番組が大好き。あそこにはよく、四十キロとか五十キロとかダイエットをして、まるで別人のようになった女の子が出てくる。彼女たちの食べ方というのはふつうではない。朝からトンカツや、マヨネーズいっぱいかけた特製サンドウィッチを食べ、真夜中にラーメンをすすったりしている。

私はそんなことをしたことは一度もない。まわりを見ていても、食べる量はふつうだと思う。最近は間食もしていない。もらいもののお菓子だってかなり我慢している。それなのに、この太り方はどう言ったらいいのであろうか……。

ジムに行きトレーナーさんについても、お腹の肉が邪魔をして腹筋運動がなかなか出来

美肌とスリム、どっちを選ぶ？

ないほどだ。

しかしそれなのに、このところ私に対する賞賛の声が高いのにはびっくりする。もちろん体型に対してではない。

「なんて肌がキレイなの!?」

と会う人ごとに驚かれているのである。

誰でも知っていることであるが、自信あるボディになるのは大変でも、自信ある肌になるのはカンタンだ。他人にその身を任せていればいいのだから。私は月に一度のエステに加え、ふた月に三回ほど、マシーンを受けるようになった。このマシーンは、あのサーマクールのような痛みはなく、サーマクールよりもはるかに効果があると言われている。そう、サーマクールというのは、肌に対するレーザー治療だ。効くことは効くのであるが、その痛みはハンパない。ぐっと耐えていると涙が出てきそうになる。それで私は二回して行かなくなってしまった。今度のそのマシーンは、画期的なものであるが、まだ全国のエステにいきわたっていない。そのため渋谷の雑居ビルの中にある販売会社の片隅で、施術してもらうのだ。

ここにはすんごいスターさんたちがお忍びでやってくる。私の施術をしてくれる若い社長さんが、わりと無邪気に教えてくれるのだ。あの女優さんとか、あのタレントさん、国民的人気グループのあの人も奥さんを連れてくるんだって。そういうのをフンフンと聞いて、一時間後鏡の前に立つと、フェイスラインがすっきり上がっているではないか。肌理(きめ)

もすごく細かくなっている。
そう、最近私の肌は絶好調。栄養がゆきわたってツヤツヤしている。が、私は悩む。多少肌が荒れてても痩せてスタイルがいいのと、太っていても肌がキレイなのとどっちがいいんだろう。私だったら前者かな。肌はメイクでかなりごまかせる。しかしスタイルだけはどうにもならない。洋服だって似合わなくなる。

　女性誌の編集者はこう言った。

「いいえ、ハヤシさん。アンケートをとると今はスタイルじゃないんです。肌がキレイになりたい、っていうのが圧倒的なんです」

ということで、私って時代の先端いってるじゃない。トレンディじゃないの。

が、体型には限界というものがあるのであるが……。

ところで私の仲よしA子さんは、世間ではオバサンと呼ばれる年齢にもかかわらず、ものすごくモテる。私はなんでこんなに男性の心をとらえるのか、いつも観察している。すると多くの発見があった。喋り方とか笑い方とか、ＬＩＮＥのつなげ方。ぶ厚いレポートが出来るぐらいだ。しかし私は、もっと決定的なことを発見した。それは白いパンツをはいた彼女のヒップを見た時。

　ほどよい丸みを帯びたヒップが、上に上がっている。若い女の子の上がり方ではない。なんといおうか、キュッとした上がりというよりも、やや力なく、それでも上がっているという感じ。色っぽいぞ。

聞いたところによると、彼女はほぼ一日おきに、近くの区民プールで泳いでいるんだそうだ。だからこそのプロポーションだったのだ。

ようし、ということで、私もプールのあるジムに入ったわけであるが、いつもどおりすぐに行かなくなっていた。しかし彼女の白いパンツの後ろ姿を見てから、また行くように。そして水着に着替えようとしてびっくり。トップスのファスナーが上がらなくなっているのだ。ウソ！　このまま帰ろうと思っていたが、なんとか肉を寄せて上げた。このところ、マジメに、プールで泳いでいるのであるが、あることに気づいた。私の肌がちょっと荒れてきたような。ものすごくケアしている髪もパサついてきた。そお、塩素のせいだ。すぐにお風呂に入っても、それはじわじわと浸みてくるような気がする。

美しい肌か、ダイエットか。それが問題だ……なんて、怠けもんのデブはパックしながら考える。パックは毎日出来るのにな。どうして節食は出来ないのか。

歩き方にも流行？

先日、上野の東京文化会館にオペラ「カルメン」を観に行った。

これは私の大好きな演目。よく知っている曲が多いので、初心者が観ても楽しめるはず。何より、男と女の仲がこじれて、最後はヒロインが殺されるというドラマティックな内容が本当に面白い。

そしてこの「カルメン」の成功は、演じる歌手がどのくらい魅力的かにかかっていると思う。

昔と違って、今のソプラノ歌手というのは、スリムで美しくなっている。いくら声が素晴らしくても、丸々と太った巨体では観客が感情移入出来ないからである。

ちなみにあの「誰も寝てはならぬ」という名曲で知られる「トゥーランドット」において、主役のソプラノ歌手は、ものすごく力強い声でなければならない。だからかなりの確率で太っている。そして髪をざーっと流し、だぼだぼの服を着ている。そお、マツコ・デラックスさんそっくり。

しかし「カルメン」は、フラメンコも踊るし、エロティックな演出も多い。ゆえに年々

フラット
シューズが似合う人、
うらやましいです。

美しくなっているのは驚くばかり。

その夜の「カルメン」も、まるで女優さんのような歌手が演じていたのだ。

そして休憩にコーヒーを買おうと行列に並んでいたら、後ろから女性二人の話し声。

「このオペラ、すっごい男目線だよね」

「そうだよねー、カルメンって、結局は男にとって都合のいい女なんだよ」

私はびっくりした。今までカルメンをそんな風に観たことがない。それどころか、ひたすら自由を求めて悲劇に終わった女と思っていた。

世の中にはいろんな考え方があるものだとしみじみ噛みしめていたら、今度はハイヒールが世界的に遠ざけられているという新聞記事が出ていた。つまりヒールの靴は、女性の足をとても苦しめ、痛めつけていると同時に、男性に媚びる象徴ともとられているそうだ。

ふーむ。なんかすごいことになっているんだなぁ。私はヒールの靴が好きだが、それは男の人を意識する、という以上に自分が好きだから履いているのである。

八十代の岸惠子さんにお会いしたら、ぴしっとハイヒールを履いていらしたが、そのカッコいいことといったらない。背筋も伸びて、美しさをキープしている。なんていおうか、美女の、

「ノブレス・オブリージュ」

ですね。

私は昔から顔がデカいので、ヒールを履いているのと、履いていないのとではまるでバ

ランスが違ってくる。であるからして、かなり無理して長いこと履いていたら、足の指がテキメンに痛めつけられた。長いこと歩くと本当に痛い。それゆえに最近はフラットシューズを選ぶ。

女性誌を見ていると、パンツにフラットシューズを組み合わせて本当に素敵。が、これはモデルさんの長ーい脚があってのことである。ふつうの人は、かなりスタイルがよくないと、フラットシューズは決まらないような気がするんですけど……。

しかしそうもいってられないので、可愛いフラットシューズを探す。私のお気に入りは、シャネルのバレエシューズ。台湾でも可愛いフラットを三足も買ったのであるが、値段が安いせいもあり、底がすぐにあたるようになった。

履きやすくて可愛いフラットシューズというのは、実はかなりむずかしいかも。ちょっと気を抜くと、ただのぺったぺった靴になってしまう。ものすごく手抜きに見えてしまうのが、フラットシューズのこわいところ。

ところで私は長いこと、歩き方がコンプレックスであった。小股でちょこちょこ歩き、体が上下する、と言われてきた。

「かかとから着地して、まっすぐに歩く」

ということを、何度トレーナーさんから注意されたことであろう。

ところが今度のジムのトレーナーさんは、ウォーキングマシーンで歩く私を見て、

「かかとから踏み出しちゃダメ」

という。

「足の裏全体を使ってください。そして力強く反対の脚を蹴る」

このことによって、太ももの筋肉が使われるそうだ。驚く私に、

「今、かかとからじゃなく、足の裏全体を使うのが世界的な流れですよ」

だって。歩き方にも流行があるのかとびっくりしてしまった。

そんなわけで、足の裏全体で一歩を踏み出すようになった。こうすると歩くのがすごく速くなる。

そしてやっぱり靴はフラット。初夏に向けて白いスニーカーも何足も買った。歩くのが楽しい、と思ったらしめたもの。

実は私には大好きな靴があった。それは大きくスリットが入ったセリーヌのパンプス。三センチヒールが歩きやすいことこのうえない。が、デザイナーが代わって製造中止に。お正月にハワイで、一月にパリで発見。そりゃあ大切に履いている。靴でこんなに苦労している人、まずいないはず。

宝塚ドリーム

私の誕生日、たくさんのお花をいただいた。それから嬉しかったのは、髪のエステ券である。ここに五回通うと、サラサラキラッキラの髪になるというのだ。

それから別の友だちからは、顔のエステ券も。こんなに皆に心配されているというのに、なんかむくむく増量中の私。五日前にはヘルスメーターにのるのをやめた。怖くて怖くて見られなくなったのである。

ところが三日前、A子さんから連絡があった。

「一回で体のラインが、まるっきり変わる機械を入れたから来てみて」

彼女はこのエッセイにもよく出てくる女社長。海外で美容機器を仕入れて輸入し、国内のサロンに販売する仕事をしている。私はここでよくモルモットとして使われるワケであるが、もちろん有難くやっている。

「すっごい効果で、脚とお腹が見違えるようになるワ」

ということであるが、今、ボディを人に見せるのもイヤ。

う、うつくし過ぎる
方々！

「それだったら顔だけやりましょう」

このあいだ脂肪溶解というのをやってもらったら、なんだかスッキリしたような。もう一度やってもらおうと思って出かけたら、顔をやってもらっている途中で、ピンポーンとチャイムの音が。

友だちのエステティシャンを呼んでくれたんだって。ボディ専門の。

「マリコさん、絶対にこれを一度やらなきゃダメ。お腹が本当に変わるから」

ということで、私はパンツ一枚になりました。いくらタオルで隠してくれたといっても、明るい中、オフィスの片隅で、ハダカで横たわるのはかなり恥ずかしいですね。おまけにその時のパンツが、安ーい通販のもので私は反省した。

もはや私の人生で、突然パンツ一枚になることはないと思っていたけれども、こういうこともあるんですね。

何年か前に私は『ビューティーキャンプ』という、ミスコンをテーマにした小説を書いた。その中でファイナリストたちに、ディレクターのエルザは言う。

「いつも必ず、彼に会うつもりで下着を選びなさい」

そんなことを書いた私が、こんなパンツですみません……。

そしてマシンのヘッドは、私の背中からわき腹へ。ちょっと熱いが、この下で何万回という振動が繰り返され、脂肪が燃えているんだって。エステが終わり、

「マリコさん、ラインがまるで変わりましたよ」

と言われたが、私にはわからない。

「二、三日中にもう一回やりましょう」

と言われたが、結局忙しくて行けなかった。

そして今日は、東京宝塚劇場へ。

私は熱心なヅカファンというわけではないが、たまに行くと、

「なんと美しい！　なんと華やかな！」

と感動する。というものの、チケットを入手するのがむずかしく、友人に誘われた時にしか行ったことがない。

ところが素敵なことが起こった。私の弟のお嫁さんの親戚のコが、昨年、宝塚音楽学校を卒業し、歌劇団に無事入団したのだ。

「見に行ってくれませんか」

と、お母さんからチケットをいただくようになった。

生徒席だから二階の奥であるが、充分楽しめる。舞台もよーく見える。今度はそのコとご飯を食べることになっている。終わってから、うちの弟と、姪の三人でお茶をした。

「おばちゃん、どうして宝塚の人たちって、あんなにキレイなんだろう」

と姪っ子。彼女もすごく興奮している。確かに主役のお二人など、この世の人とは思えない美しさと気品高さ。

「キレイな人たちが、一生懸命頑張ってすごい確率くぐってくるんだから、あたり前じゃ

ないの」

私はこのあいだ見たドキュメンタリーの話をした。

宝塚音楽学校をめざして、バレエや歌の特訓をする女の子たちを追ったものだ。宝塚に入るためのスクールはいくつもあるらしいが、そこは名門と言われるところ。毎年何人もの合格者を出すという。

そして一次、二次と合格発表があるが、そのたびに落ちた女の子たちは泣き崩れる。二回、三回チャレンジするコも多い。私から見れば充分美少女たちなのに。

「○○ちゃんは、一回で受かったんだよ。すごいねぇ、いいよねー、あんな可愛くて」

○○ちゃんは、その親戚のコ。姪とは昔から仲がいいそうだ。私はこんな話をした。

「そのドキュメンタリーの後、バラエティがあって街頭インタビューをしてたの。可愛いコなんて二十人に一人ぐらい。みんなふつうのレベルだったよ。いくら整形が流行っているっていっても、巷（ちまた）のコは、みーんな運命を受け容（い）れて頑張ってる。みんな分に応じてエステやダイエットしている。そういうコたちが日本を支えてるんだよ。だからあなたも頑張りな」

おばちゃんも日々頑張ってるよ、ホント。

〝十キロ〟の破壊力

そのお店は、私の大好きなところである。

好きな人は他にもいっぱいいて、予約は三ヶ月から半年待ち。しかも値段がすごく高い。

前々から言っていることであるが、私のエラいところは、男の人にたかる人生をずっとしてこなかったこと。たかれなかった、というのが正しいかもしれないが。

もちろん仕事柄、ご馳走してもらうことも多いが、プライベートではたいていワリカン。それどころか最近は払うことの方がずっと多い。そこのお店では、いつも二席予約し、もう一席を私の「接待席」としている。お世話になっている人をご招待するのだ。

みんな大喜び。おいしいのはあたり前であるが、そこのお店はイケメンの板前さんがカウンターの中にぎっしりいる。腕もさることながら、みんな話好きで面白い。調理をパフォーマンスとしてとらえ、いろいろ解説して見せてくれる。材料の解説も非常に面白く、知らないことばかりだ。

おととい行ったら、まずは桜の枝を添えた、赤ん坊の顔ぐらいある平貝を見せてくれた。

「すごいですねー」

「今日はこれを石焼きにしてお出ししましょう」

それに合う辛口の日本酒をいただき、わくわくしながら待つ。

「○○で獲れた白魚です。これを揚げますから」

そこまではよかったのであるが、やがてまな板の上にどさっと置かれた肉塊。

「最高級の山形牛です。これから脂肪をとり除きます」

確かに白いものがぎっしりついていて生々しい。

「これで十キロですよ。太っている人は、これがお腹のまわりについているってことですよねー」

ぴたっと箸がとまる私。息が荒くなっていく。たぶん私、これを二本お腹にくっつけてるんだよね……。

「一時間かけてこれを炭火で焼いていきますよ……あれっ、ハヤシさんどうしたの」

「なんか、自分のお腹のお肉を考えると、食欲がなくなって……」

「何言ってるのよ」

と隣にいた友人。

「ジャンクなもので太るのは口惜しいけど、こんなおいしいもので太ったら、私たち本望じゃないの」

「そうね、そうよね」

などと言いながら、その日もホタルイカの炊き込みご飯と鯛茶漬までしっかり食べる私である。

そして昨日のこと。広島に講演会に出かけた。

帰り道、空港までのロングドライブ中、タクシーの運転手さんに話しかける。テレビの「秘密のケンミンSHOW」が大好きな私。確かめずにはいられない。

「運転手さんは、やっぱり広島カープファンなんですか」

「広島で生まれた人間で、カープファンにならない者は、まずいないでしょう。これを見てください」

スマホの写真を見せてくれた。

「このあいだ初孫の女の子が生まれたんですが、仲間からのお祝いは、カープのユニフォームですよ」

ちいさな赤ちゃんが、だぶだぶの真赤なユニフォームを着ている。可愛いったらありゃしない。

「孫を連れて、野球場に行くのが楽しみでたまりませんよ」

いい話だ。

「それでやっぱり、お好み焼き大好きなんですか」

「毎日食べますよ」

「へぇー」

「うちの近くの店に行くことが多いけれど、街中にも行きつけのところが何軒もあるんですよ」

そして延々とお好み焼き愛を聞かされたのである。

「空港にもありますよ。街中と比べても悪くないですよ」

一人だったら行かなかったかもしれない。しかしたまたま、私の隣には東京からついてきてくれた、キャスティング会社の若い女性がいた。

「まだ一時間あるよ。見るだけ見てみない」

「そうですね」

エスカレーターで三階へ行った。広島空港にくるのなんて二十年ぶりぐらいだ。すっかり変わっていた。奥にフードコートが出来ているではないか。お好み焼きの店二軒とふつうの居酒屋、そして尾道ラーメン。

「やっぱり食べちゃおー」

ということで、スペシャルを二枚頼んだ。テーブルで待っていると持ってきてくれた。おたふくソースがかかり、カツオ節が踊っている。熱々のお好み焼きは失礼ながらジャンクの部類。しかしおいしいものはおいしい。結局何だって食べるじゃん。肉塊くっつけて。

靴オーディション

私は山なんか、全然好きじゃない。

なのにどうしてネパールに行くことになってしまったのか。

たまたま建築家のクマさん（そう、あの世界的建築家の隈研吾さん）とご飯を食べていた時、

「ネパール行きたいよねー」

と彼が言い出した。

「今のネパール大使、知り合いなんだ」

「えー、私も」

よくこのページでも書いてきた、女優志望のマユコちゃん。彼女は西郷隆盛の弟、西郷従道（つぐみち）の玄孫（やしゃご）にあたる。大河ドラマがきっかけで、今も仲よくしている女の子。彼女のお父さんが昨年ネパール大使として赴任した。

「とてもいいところなので、ハヤシさんもぜひ来てください」

と何度も言われていたのであるが、ああいう山ばっかりのところには、あまり興味がそ

私はウォーキングガール

そられない。やはりパリとかミラノとか台湾、香港、買い物と美食がいっしょくたになっているところでないと。

「いつか一緒にネパール行こうね」

とクマさんと約束したのも、その場のなりゆきというもの。

そうしたら彼からラインが。

「四月二十六日から出発出来るよ」

そんなわけで、あっという間に旅行が決まった。

他にはその場にいた、中国人のご一家、脚本家の中園ミホさんも同行することに……。

という話を友人のA子さんにしたら、目がキラッと光った。

「私も行ってもいいですか!?」

思い出した。彼女は山ガールなのである。

一人でかなり高いところにも行く。

「トレッキングをするには最高のところですもん」

「悪いけど、私はおつき合いしませんよ」

トレッキングするなら、専用の靴も持っていかなくてはならない。

山が好きな人というのは、どんなに素晴らしいかをよく話してくれるが、私のようなグータラにはまるでわかりません。ネパールに行ったら、寺院まわってストールとかアクセサリーを買うつもり。

私は多分、トレッキングなんか一生しないであろう。しかし私はものすごく歩いている。トレーナーの人から、歩き方を指摘されたことは既に書いた。

このあいだまで、私は芸能人が通うことで知られる、ある有名トレーナーのところに通っていた。そこでも歩き方の特訓を受けた。

「カカトから着地する。大きく踏み出す。上下しない」

と、かなり歩かされたものだ。

しかし新しいトレーナーはこう言うではないか。

「カカトから着地だと、歩幅は狭くなります。足の裏全体を使ってください」

私の腰の下の筋肉は、まるで用をなしていないという。

「踏み込んだ後、脚は蹴り上げる。それがまるっきり出来ていません」

ウォーキングマシーンを使い、そのレッスン。踏み込んだ後、脚をしばらく流す。もうベルトからはみ出すかな、と思った瞬間、蹴り上げてシューズの裏を見せる。ふくらはぎを使う。

この歩き方を習ってから、速度がものすごく早くなった。昨日も女友だちと一緒に、てれてれ買い物をしていたら、

「どうしてそんなに早く歩くの」

と驚かれたぐらいである。

私はジムには週に二度ぐらいしか行けないが、そのかわり歩くようにしている。ひと駅

ぐらいは平気で歩く。大好きなのは、メトロのうんと乗り換えが大変なところ。

陽焼けの心配もないし、地下のショップものぞける。私はよく千代田線の大手町から、パレスホテルへ行くが、その地下道のわかりづらいこと、長いことといったらない。しかし長い道のりは、「神さまからの贈りもの」と考えることにしている。

私のジムのトレーナーは、

「エスカレーターはダメ。必ず階段を使って」

とよく言う。

が、ためらいがあった。エスカレーターの傍らを、デブの女が階段上がっていくのって、いかにもダイエットをしている、という感じ。しかしすぐに気づいた。エスカレーターと階段の間には、かなり高い仕切りがあり、見えないようになっているのだ。

歩く、歩く、私は歩く。

足の裏全体で着地。そして蹴り上げる。意識して歩く、ということは何よりのダイエットだとトレーナーは言う。

困るのは靴。おとといは気取ってハイヒールを履いていたら、敷石にはさまって靴がすぽっと抜けた。みんなが笑ってた。恥ずかしい。フラットシューズは実は歩きにくく、大人がいつもスニーカーというわけにもいかない。三センチのヒールで歩きやすい靴があるが、そればかり履いていたらすり減ってきた。よって他の靴もクローゼットから出し、今仲よくする訓練中。ネパールにつれてく靴オーディション中。

あっぱれ！腹筋太鼓

パーティーの後、しめし合わせて男女四人で飲みに出かけた。

男性の一人が連れていってくれたのは、西麻布のバー。ここは会員制になっていて、入り口は大きな金庫の扉となっている。鍵を入れてまわすと開く。

私も以前行ったことがあるが、デイトには最適だ。ものすごい数のワインの棚が、個室をつくっているのだ。

そこでシャンパンとカルトワインを飲んだ。話もはずんですごく楽しい。扉を開ける鍵ももらっちゃったし。

そして私は、決して口にしてはいけないことを言ってしまったのである。

「これからラーメン食べに行こうよ！」

夜中のラーメンがどれほどいけないことか誰でも知っている。しかし酔っぱらってだらしなくなっている心に、ラーメンは必要なのだ。こんなに愉快な夜のしめくくりに、やっぱり食べたいトンコツラーメン。

歩いてすぐの店へ四人で行った。ギョーザもチャーシューも食べた。しかしさすがに西麻布。ハーフサイズのラーメンがある。それにしたのはせめてもの理性というものであった。

そして次の日、私は撮影のために銀座に。ヘアメイクのオモシタさんは、私を見て言った。

「あれ、ハヤシさん痩せたんじゃないの?」

実はこのところ、エステがすごくうまくいき、頬がすっきりキュッと上がっているのである。自分で言うのもナンであるが、小顔にもなっている(前年比)。オモシタさんはそれを指摘したのだ。

「いーえ、ハヤシさん、かなり太りましたね」

と言ったのはスタイリストのマサエちゃんだ。実は彼女とはその三日前、街中でばったり会っている。

「その時もハヤシさん、太ったなーって思ったもの」

さすがにプロの目はごまかせない。ヘアメイクは顔を見て、スタイリストは体を見ているのだ。

私はふだんはスタイリストを頼まないのであるが、今回は重要なファッショナブルな写真なので特別にお願いした。マサエちゃんは、いっぱい素敵な服を借りてきてくれた。私のサイズを集めるのに、どんなに大変だったろうか。

しかしそのどれもが入らないのである……。結局は着てきたジャケットにした私。

「ハヤシさん、本当に痩せてくださいね。このままじゃ困りますよ」

とマサエちゃんに注意された。

でも私だって頑張っている。ジム通いもパーソナルトレーナーをつけて、週に二日は汗を流す。が、お腹だぼだぼは全く改善しない。

何度か腹筋運動をしかけたのであるが、頭がぴくりとも上がらない。

「ウソでしょう」

脚をおさえていたトレーナーが叫んだ。

「少しでいいから上げてくださいよ」

でも本当に上がらない。私には腹筋というものがまるでないんだろう。

さておとといのこと、新橋演舞場に出かけた。ジャニーズJr.のSnowManが座長を務める「滝沢歌舞伎ZERO」を見ようと、友だちが誘ってくれたのだ。

「本当に素晴らしくて、歌舞伎大好きなハヤシさんにぜひ見てほしいの」

確かに華やかなクオリティの高いステージ。これでもか、これでもかと、大迫力のエンタメがおし寄せてくる。花びらも水も落ちてくる、ものすごい迫力だ。中でも私の心をとらえたのは「腹筋太鼓」である。

ジャニーズのメンバーが、上半身裸になり、太鼓をひとつずつ前に円を描く。その円の舞台はやがてぐるぐるまわり出す。その間、あおむけになっている彼らは、やや上半身を起こして太鼓を叩き続けるのである。

「す、すごい」

何度か太鼓を練習した私は、それがどんなにハードなものかを知っている。いい音を出すためには、不思議な力の入れ方をするのだ。しかもそれを腹筋運動状態でやっている。どんなにつらい状態か。

しかし彼らはまるで手を抜くことなく、がんがん太鼓をうち鳴らす。その気迫と音のすごさに大拍手がわき起こった。私の友人など隣で感動のあまり泣いている。

「こんな若く美しいコたちが、こんなにすごいことをしていると思ったら」

泣けて泣けて仕方ないというのである。

その後の踊りや宙づりもとても面白かった。

「このステージ、そのままラスベガスに持っていけば、すごくウケると思うけどな」

一度しか行ったことがないが、ラスベガスは、世界で一流のエンターテイメントの舞台が集まっている。この新しさと伝統が入り混じった〝滝沢歌舞伎〟は、外国人にウケるに違いない。

特にあの腹筋太鼓はすごい反響があると思う。あんな過酷なことを力いっぱいやってのけ、太鼓の音は一ミリも乱れない。最後まで全力でやりとげるのだ。

私は腹筋がすごい人を心から尊敬する。一ミリとも頭を上げることが出来ない私は。しかも彼らは全員がものすごい美形である。アメリカ人が熱狂しないはずがない。

ビバ、布天国

「私も行きたい」

という友人が続出して、結局八人となったネパール旅行。

みんなと羽田で集合した。地図で見るとそう遠くないのに、とにかく時間がかかる。まず香港に飛び、乗り継ぎまで数時間待つ。結局ヨーロッパに行く以上にかかったかも。

しかしその分、観光地化されていない。神の山ネパールの魅力だ。オートバイと車の量がすごいが、どこかのんびりしていて昔のままの街並みが続く。

いろんな人から聞かれた。

「食べ物どう？　それからショッピングどうだった？」

食べ物はインド料理に近く、ご飯にカレーがついたものが多い。あとはギョーザにそっくりなモモというものも。どれも日本人の口に合うものばかり。そうそう、ネパール高原でソバを栽培していて、日本と同じ天ぷらソバが食べられる。ネギとワサビもちゃんとつ

いてくるし、最後はソバ湯をくれる。あのラッシーも本場だから、素晴らしくおいしい。

ホテルはいちばん人気のところに泊まった。古い邸宅を改造したところだ。私はメインの棟に泊まったのでエレベーターがあったけれど、他の棟の部屋はなかった。急な階段をのぼっていく。しかしどの部屋もとても素敵。ベッドカバーやクッションカバーが手づくり感があり、木造の内部と合っている。庭には小さなプールがあり、そこに面したバーで、毎晩お酒ばっかり飲んでいた私たち。

初対面の人もいたが、すぐにうちとけた。みんなアホ話をしては笑いころげる。旅の楽しさは、やはり夜のシャンパン。ネパールは物価が安いので、毎晩何本か飲んでもたいしたことはない。

安いといえば、ネパールのパシュミナの値段にはびっくりだ。

「ネパールというのは、布天国、織天国です」

と案内の人も言っていた。最高級のものが、日本の五分の一、六分の一の値段で買えるのだ。

寺院にもよく行ったが、それ以上にまわったのがフェアトレードの店。どういう店かというと、貧しいネパールの女性たちの自立を支援するところだ。ネパール近郊の工場で、彼女たちは糸から染め上げ織り物をしたり、小物をつくったりする。

ショップでは可愛いポーチが八百円ぐらい。これはいろんな糸を丁寧に織り出したものだ。パシュミナも最高級のものが二万円ぐらいで買える。

しかしここで悩むところだ。

海外の買物で後悔したことはないだろうか。その場の雰囲気でつい買ってしまい、日本に帰って「民族調」にあれっと思ったことは。数年前、私はタイ・バンコクで、真赤なクロコのハンドバッグを買った。が、日本の陽ざしの下で見ると、どうにも派手過ぎる。どうなったかというと、チャリティオークションに出品した。クロコだからとても高かったのに残念だ。

そのフェアトレードショップのパシュミナは、すごーく手触わりがいいんだけど色がいまひとつかなぁ……シックを旨とするわが国のファッションでは、やや浮いてしまうかも。

そんな私の気持ちを察したのか、次に連れていってくれたのは、カトマンズに最近出来たアンテナショップ。斬新なコンクリートの建物は、ネパールでは珍しい。ここでは海外留学や修業から帰ってきたデザイナーの商品が売られている。食器、インテリア、アクセサリーなど、確かにどれもとてもセンスがいい。私はここでカナリアイエローと、黒地のパシュミナを二枚買った。友だちにお土産で渡したら、ものすごく喜ばれた。

そしてその次の日はチベットの寺院を見学したのであるが、その傍にいろいろな店がある。チベットの人気デザイナーのショップがあるというのでのぞいてみた。ヨーガン・レール風のコットンのブラウスやワンピ、パンツが並んでいる。ここで私は藍染めのブラウスを買った。日本から持ってきた、白のバルーンスカートを合わせたら、びっくりするぐらい合うではないか。

最後の日には、ホテルのセレクトショップへ。ここの品物はかなり高いが、おおっと思うぐらい、いいものが。特に私が気に入ったのは、「NEPAL」というロゴが入ったカシミアのパーカーだ。

パリやニューヨークのロゴなんて、世の中にごろごろあるが、ネパールなんて見たことはない。しゃれている。お土産にぴったり。

それなのに大学生の娘は、ぷーっと頬をふくらませた。

「ネパールなんてイヤ。ダサイよー」

なんとセンスのない娘だろうか。私が着たいが色が若すぎる。これはアンアン編集部の私の担当、シタラちゃんにあげましょう。ファッショニスタの彼女なら、このよさがわかってくれるはず。ネパールって行った人、まだあんまりいないもの。ちょっと目立っていい感じじゃないかしらん。

イケメンいろいろ

最近イケメン業界がすごいことになっている。

ジャニーズ系はいうにおよばず、横浜流星クンとか吉沢亮クン。

このあいだアンアンに出ていた、King&Princeの永瀬廉クンとか神宮寺勇太クンもすごい。

私は毎朝「なつぞら」を見ているが、雪の中の吉沢亮クンの綺麗さときたら……。肌が透きとおるようで目がキラキラしている。

なんでもお母さんがオーディションに応募したということであるが、わかるなぁ。おそらく、

「こんな美しい息子、産んじゃいました。見てください」

という感じであろうか。

このあいだまで竹内涼真クンとか、菅田将暉クンにドキドキしていたが、彼らは演技派となり、次世代が次々と出てきているのだ。

ところで私は最近、別のところでイケメンを見つけるようになった。

そう、ご存知のように最近私はスー女ならぬ、スーおばさんの道をたどりつつある。

お相撲さんのカッコよさにめざめたのだ。今のところ角界きってのイケメンといえば、遠藤、私がご贔屓(ひいき)の竜電などの名があがるが、このところめきめき人気が出てきたのは、炎鵬関。百六十八センチ、百キロとお相撲さんにしてはものすごく小柄である。しかし百八十五キロの力士と戦って力技で勝つ。しかもまるで五月人形のような美形なのである。

このあいだ「VS嵐」に出演していたのを見たが、他の力士とふたまわりぐらい違う。本当に小さい。それでも力いっぱいゲームも頑張っていて、なんて可愛くステキなの、と思った。私だけではないらしく、このところ彼のニュースも多い。

有難いことに、

「お相撲好き、好き」

とまわりに言いふらして、チケットをいただくことが増えた。たいていは枡席といって、四人で座る四角い場所。ここはお酒や料理も食べられてとても楽しい。

が、ごくまれに溜席(たまりせき)をいただくこともある。ここは土俵のすぐ近くの席で、砂かぶりともいう。力士の息づかいや汗をはっきり感じることが出来る。本当の相撲好きの席だ。この席はふつうの人にはなかなか手に入れられない。後援会の関係でゲット出来るようだ、というのも私も知り合いからいただくからである。

五月場所の二日め。私と友人は国技館へ向かった。まずお茶屋さんのところへいくと、案内してくれる男の人が、

「これはすごい席ですね」

とチケットを見ながら言った。

「向こう正面の三番め。二番めに親方が座るから最前列ですよ。ものすごーくテレビに映りますよ」

それは仕方ないと思った。以前も溜席で、テレビにばっちり映っていたのだ。

しかし、しかしである。その席はなんと高須院長の隣であった。

「先生、お久しぶりです。コンニチハ」

確か誰かの結婚披露宴でお会いしたことがある。西原理恵子さんが描く「ダーリンは70歳」シリーズのファンなので、私は高須院長の動向をかなり知っているつもり。

その西原さんは院長の腕にぺたっと顔をくっつけて、可愛いったらありゃしない。いつもラブラブの二人である。

「僕はいつもこの席をとっていて、二日めに見に来ることにしてるんですよ」

時々お二人をテレビ中継でお見かけしていたが、定位置がここだったのか。

高須院長の人気はものすごくて、いろんな人が写真を一緒に撮ってくださいとやってくる。そして心配そうに、

「院長、泥棒大丈夫でしたか」

そう、そう、金ののべ板を盗まれたんだっけ。

やがて高須クリニックの懸賞幕が披露され、スポンサー名がアナウンスされる。

「イェス、高須、イェス、高須」

という連呼に、場内がどっとわいた。わーっとみんな大喜びで手を振り、高須院長も嬉しそうにそれに応える。リアル国技館はこんな楽しいことが繰り広げられていたとは知らなかった。

しかし高須院長と私という取り合わせは、ものすごく目立ったようだ。観戦中も友人からいっぱいメールが入る。ラインニュースにも出た。

「今日は高須先生と一緒にお相撲に行ったのね」

いいえ、偶然です。

「ものすごく目立つ。相撲に集中出来ない」

という声もあった。

まさか私が、院長の患者で親しいと思う人はいないよね。患者だったら、もっとキレイになっているはずだもの。

それにしても至近距離で見た院長の顔は、全く弛みがなくピッカピカ。そして不自然じゃない。なんという技術!

「それに博識で話は面白いし。私、サイバラさんの気持ちがよくわかったわ」

と一緒の友人は言った。

なんだかやたら楽しいお相撲見物であった。帰りはお茶屋さんで、お弁当や焼き鳥を受け取って、うちで大相撲ニュース見ながら食べる幸せ。あー、楽しかった。

令和合コン

「ハヤシさん、令和になってからの初めての新入社員入りました。豊作です。ぜひお見せしたいです」

とA氏からラインを受け取った。

A氏というのは、業種は言えないけれど、あるお堅いところに勤めている四十代。超エリートで男前。仕事もものすごく出来るらしい。しかしあまりにもちゃらくて時々びっくりする。

「実家がものすごいお金持ちで、会社持ってるみたい。だからいつやめてもいいと思ってるんじゃないの」

と紹介してくれた友人は言う。

A氏は、エリートぶることもなく、頭がいいためにユーモアのセンスもばつぐん。話が非常に面白い。知り合って日は浅いのであるが、私のためにいつも若いピチピチの男のコを連れてきてくれるのだ。しかしあまりにも若過ぎる。

「私が探してるのは三十代よ。結婚相手を探しているキャリア女子のために、もう少しトシがいったのをお願い」

このページの担当者、シタラちゃんもあっという間に三十四歳になった。他にも四十近いのがゴロゴロ。

「ハヤシさん、何とかしてくださいよ」

みなに頼まれているのだ。

「だけどねハヤシさん、本当に三十代っていないんですよ」

とA氏は首を横にふる。

「僕は一生懸命探しました。しかしいませんよ。この頃ヤツら、結婚早いんです。みんな大学の時の彼女と結婚するんですよ」

そうかァ。東大卒があたり前の彼ら。早い時から目をつけられているんだ。

が、今回もB青年が来てくれた。前にも話したかもしれないが、松山ケンイチさんにそっくりな二十五歳。写真を見せると、

「これ、松山ケンイチの若い時だよねー」

とみんなが言う。よってこの頃私は、ケンイチ君と呼んでいるのである。

ケンイチ君はこの頃仕事がとても忙しい。もしかすると、近々海外へ行くことになるかもしれないので、英語ももう一回おさらいしているんだと。

「お休みの日は何をしてるの?」

私は合コン(?)の際に、必ず出るありきたりの質問をした。

「この頃本を読んでますかね」

まあ、なんていいコでしょう。

「ちょうど今、読みかけの文庫持ってます」

見せてくれたのは『ねじまき鳥クロニクル』。ブックオフで買ったというのが気になるけど……。

「それにしても、松山ケンイチと村上春樹じゃくっつき過ぎだよ」

そう、彼は「ノルウェイの森」の主役をやっていたはずだ。

その後は楽しいお喋りでギャーギャー、ワイワイ。令和入社の男のコは、まだ変声しかかってて本当にカワイイ。八人いて、喋りまくるのは大人が四人、後の若いコはニコニコしながら聞いている。

みんなお酒にとても強く、居酒屋の個室でハイボールをどんどんおかわりする。

やがてA氏の最近の武勇伝になった。女子アナとの合コンに顔出しているんだそうだ。

「そういう時、結婚指輪はずしてくの？」

「もちろんはずしてきますよー」

彼は若く見えるので、既婚者かどうか聞かれたことがないそうだ。

「そんなの卑怯じゃない。アンフェアだと思うな」

「だってそこで一回きり。女子アナと一回デキればしめたもんだもん」

ミもフタもないことを言う。

「僕が結婚指輪していくのは本気の時だけ。僕のことを好きだったら、この指輪乗り越えて来てほしいって思うから」

「それって、三島由紀夫の『潮騒』ですね」

文学青年のケンイチ君がつぶやいた。

「その火を飛び越して来い、って……」

「あら、それよりも『あまちゃん』だよ」

と私。

「来てよ、その火を飛び越えて〜〜」

とおばさん二人で合唱。

若いコたちはどう思ってるかしらないけど、本当に楽しい合コンであった。

それがおとといのこと。

そして今日は六時半から東京国際フォーラムでライブがある。ライングループ六人で聴きにいき、その後夜食&飲み会をしようということになった。六人の中には、かなりの有名人がいる。

「どう、夜遅くまでやっていて、口が堅いとこないかしら」

という相談を受け、私はうちの近所のビストロを貸し切りにしてもらった。ここはカウンターだけの細長ーい小さな店。若い男性が一人でやっている。ワインの持ち込みもオッケーだ。

「ハヤシさん、フルイチ君はダイエット鍼やってるんで、あんまり食べられないって」

「そんなこと知るか。私だってダイエットしてるよ、ほかの人に分ければいいじゃん」

なんて言いながら準備するのは本当に楽しい。

このところ仕事をセーブして、毎晩飲んでばっかりの日々。私のお腹の脂肪と、若いコリストは増えるばかりである。

女王さま降臨！

人生三番めぐらいの体重となった私。緊急事態だ。

先日クローゼットの中に入り、一人で着せ替えごっこをしてみた。その結果スカートの八割が入らないことが判明した。ジャケット類は半分か……。

おしゃれをしようにも、服が入らない。頭の中でコーディネイトしても、いざあのスカートをと思うとファスナーが上がらず、全部やり直しとなる。いま、ちゃんと入る夏のスカートが四枚なので、それに合わせてトップスを選んでいる状態なのだ。

それならばダイエットすればいいではないか、と人は言うに違いない。してます、ちゃんと。マガジンハウス刊の『腸の名医に教わる「やせるみそ汁」』だって、刊行してすぐにいただき実行している。朝、自分一人だけのお味噌汁をちゃんとカツオ節でダシをとり、野菜いっぱい入れてつくっている。とてもおいしい。その後はヨーグルトにハチミツ漬けのナッツをほんのちょっぴり。昼間もお味噌汁とゆで玉子。


浮き指になってない？

ふつうの人ならば、これでばっちり痩せるのであろうが、私の場合は毎晩誰かとおいしいものを食べている。イタリアンに和食、そしてフレンチ。シャンパンもワインもいっぱい飲む。あきらかにカロリー過多。いくら糖質制限していても、これでは痩せるはずはない。

その代わり、と言ってはナンだけれども、最近マジメにジムに通っている私である。

このジムについても、いろいろと迷いの時があった。

私は若い時からいろんなジムに通ったが、長続きしたためしがない。高級なところもあって、入会金をかなり損してしまった。そこで私は考えた。

「電車やタクシーで通うから続かないんだ。うちから徒歩で行けるところにしよう」

駅前のゴールドジムにしたのであるが、ご存知のようにここはマッチョの集うところ。ムキムキの男の人たちが、朝から重量挙げをしている。ふつうのおばさんはあの光景におじけづいてしまった。

そんな時、耳寄りな話が。私が昔通っていたジムがリニューアルしたというのである。以前よりも会費もぐっとリーズナブルになっていた。私は夫を正会員にし、自分は家族会員になった。こうすると、夫の車で送ってもらえるわけ。

しかし運動嫌いでナマケモノの私。過去の経験から行かなくなるのは目に見えている。それで専属のトレーナーについてもらい、徹底的に鍛えてもらうことにしたのである。ついてくれたのは、きりりとショートカットの女性。彼女のあだ名は「女王さま」だと後でわかった。なぜなら、やってもらう人が、あまりのきつさや痛さにヒーヒー叫ぶと、「ふふ」とうれしそうに笑うからである。そう、SMの女王さま。

彼女、A子さんいわく、

「どうしてこんなことが出来ないのか。どうして痛いのか。まるでわからないので、つい笑ってしまう」

とのこと。スポーツエリートの彼女にしてみれば、腹筋がまるで出来ない私のカラダはまず信じられないらしい。

が、この女王さまに週に二回ついてもらうようになり、本当によかったことがある。それは歩き方を徹底的に直されたことだ。

私はこの前のジムの個人トレーナーに、カカトから歩きなさい、とレッスンを受けた。胸を張り、まずカカトから着地と心がけてきた。一生懸命にやった。それなのに、私の歩きは遅い。てれてれ歩いている、としょっちゅう夫に言われる。

「それじゃダメ。足の裏全体を使って着地」

とA子さんに注意され、着地したら後ろに大きく蹴るようにとマシーンで練習。彼女はストレッチの時、私の足の裏を握った。

「ハヤシさんの足の指で、私の指をつかんで」

まるで出来ない。そう、私の足の裏は力を入れることが出来ない。全く機能していなかったんだ。

「ハヤシさんは足の指を使わず、足裏の上の方だけを使ってた。だから甲がこんなにむくんでるんですよ」

こういうのを〝浮き指〟っていうんだって。そう濡れた足でプールサイドを歩くとはっきりわかるみたい。指の跡が残らない人。そして〝女王さま〟は、私の足の裏をゴリゴリ押し始めた。痛いの何のって、脂汗が出てくるほど。

「これからたまにでいいから、ストレッチの後、足裏ケアをしてください」

オプションで専門の人がいる。この人、B子さんも、私の足指の働きの悪さに驚いていた。ここでもゴリゴリやられる。

「いい、歩く時は親指を意識してください。そうするとガニ股も解消され、自然な内股になりますよ」

親指を使えば、他の四本もついてくる。そして太もも、お腹の筋肉も鍛えられるんだって。そう、正しく歩くことは何よりのトレーニング。

最近ウィンドウに自分を映しながら歩いてる。全く、これで夕飯の会食さえなければ、私もシェイプアップされるのになぁ……。

気持ちいい二人

秋までは小説の連載もなくヒマなので、のんべんだらりとしている私。

気がつけばこのところスケジュールが、美容のための日々になっているではないか。

週に二回ジムに行き、パーソナルトレーナーにみっちりついたうえに、おとといはカイロプラクティックに行き、体中の骨をゆるめてもらった。そして昨日は朝から顔のエステに行き、午後からはヘッドスパ。

ほぼ毎日、何かしている私……などと書くと、

「そんだけやってそのレベルか」

とネットに書いてくる人がいるが、これは大人のメンテナンスと思っていただきたい。

それにここまで美容フェチになったのにはワケがある。いろいろなしがらみのせいだ。

誕生日プレゼントに、ヘッドスパ三回分をもらったのは既にお話ししたと思う。三回タダでやってもらって（もちろんお金は既に、友人が支払っているとしても）、

「これでサヨナラ」

というわけにはいかない。美容の世界には、

太るやせるは骨しだい

BONE

「裏を返す」

というマナーがあるのではないか。つまり一回、トライアル料金でやってもらったら、あと三回か四回はちゃんと行かなきゃ、と私は思うわけである。

仲よしのA子さんは私と同じ美容マニア。彼女の口癖は、

「だまされたと思って、一回行ってみて」

というもの。自分がいいと思ったら、他人に勧めずにはいられない。ついこのあいだも彼女から、「絶対に効く」ストレッチ&トレーニングを紹介してもらったばかり。彼女は、私をどこかに連れていくことを喜びとしているところがある。今、彼女はそのカイロプラクティックにはまっていて、

「私、明日行くから、絶対に来て、来て。紹介する」

ということで、昼の三時半に赤坂のとある場所に。しかし建物の入り口がわからない。ラインをして、カフェの前でしばらく待つ。すると向こうから、ものすごいイケメンが走ってこちらにやってくるではないか。ランニングか。

ハーフかと思うほどの彫りの深い顔立ち。引き締まった体。

「わー、ステキ。タレントさんかしら」

と口開けて見ていたら、彼はなんと私の前で止まった。

「ハヤシさんですね。お迎えに来ました」

なんと彼がカイロプラクティックのインストラクターだったのだ。

いろんな骨をゆるめてもらったり、または、ポキッと音をたてて正常な位置に戻してもらったり。私はガニ股気味であることが判明。脚の力の入れ方が間違っているそうだ。いろんなところで同じことを言われる。

帰りにサラダだけの夕食を食べる。

「彼って最高でしょう」

とA子さんはうっとり。

「ものすごい技術をもっているうえに、イケメンってことを武器にしないのよ」

その感じわかります。私は尋ねた。

「このあいだまで通っていた、原宿のジムはどうしたの」

「もう行ってない。今は彼ひとすじにしたの」

パーソナルトレーナーを替えるのって私には考えられないな。しがらみは大切だもの。しがらみだ何だと言っても、確実に私のお肌はピカピカ。髪だって「天使の輪」が二重ぐらい出来ている。体型だけは変わらないが、それでもお腹はぐっとひっ込んだ。体重もやっと減り始めたし。こうなると美容やトレーニングにも熱が入るというものだ。そんな私を友人はよくからかう。

「そんなにやってどうするの。まるで女優さん並みのスケジュールじゃない」

そういう時、

「近いうちデビューするつもりだから」

と答えるようにしている。

女優といえば、南海キャンディーズの山ちゃんと、蒼井優ちゃんとの結婚、本当にびっくりした。最初二人がテレビに出た時、新バラエティの番宣だとばかり思っていたのだ。蒼井優ちゃんには一度対談でおめにかかったことがあるけれど、本当に美しい女優さん。肌は透きとおるようで目も鼻も完璧。しかも頭がいい。

そんな優ちゃんに選ばれたことで、山ちゃんグレードアップ。そして山ちゃんを選んだことで優ちゃんイメージアップ。

「なんて気持ちいい二人なんでしょう」

私は拍手をおくった。

「真面目に頑張っていれば、きっといいことがある」

と言ったしずちゃんの言葉にも感激だ。

それなのにマスコミの人たちの質問は、ちょっと意地が悪かったと思う。しかし
「みなさんの思っているような女性じゃないんですよ」

そう言いきった山ちゃんはとてもカッコよかった。誰も知らない顔を、自分だけに見せてくれる。それが恋。二人きりの時の山ちゃんは、きっとすごく男らしくて、セクシーに違いない。そう考えると心がほっこりした。ずっと二人仲よくね。

モテ期フォーエバー

恋してナンボ

昨年は本当に忙しく、実によく働いた。新聞の連載小説を書きまくり、大河ドラマ「西郷(せご)どん」人気による講演やイベントにもいっぱい出た。

ふつうならお金を貯めてもいいはずであるが、人におごりまくり、買物をしまくった。おまけに人に勧められた「ビットコイン」に手を出し、三ヶ月後にはゼロになってしまったのである。

おかげで働く気が全くしなくなった。今年になってから、ずっとぐーたらぐーたらしている。

もともと怠け者の私。

「ずーっとこのままでいいかも」

と寝っころがってテレビばかり見ているうちに、はや六月も終わり。書くという作業を手が忘れてしまっている。

もちろんこのアンアンを入れて、レギュラーのエッセイはいくつかあるんだけれど、作

私はスカーレット

家は小説を書く気がなくなると、ずーっとなくなってしまう。どうやってモチベーションを上げていくか、重要なことなのだ。

秋から連載小説を二つ始めることになっているのであるが、テーマがまるで浮かんでこない。何を書いていいのかわからない。いったいどうしたらいいんだろう？

今、小説の連載はたった一つだけ。それは超訳というべきものである。出版社から『風と共に去りぬ』の新訳を頼まれたのは五年前のこと。なんでも作者が亡くなって七十年たったので、現在は著作権が切れているらしい。それで新訳がいっせいに出ているのだ。

「ハヤシさんもぜひよろしくお願いします。この企画、ハヤシさんじゃないと成り立ちません」

とかおだてられ、つい引き受けてしまった。訳といっても、翻訳家の方によって下訳は既に出来ている。

「わかりました。やります」

承諾して、のらりくらりと日にちがたった。あまりにも私が何もしないので、編集者の方に〆切りをつくられた。

それで私が考えたのは、主役のスカーレット・オハラの一人称にすることであった。

小説『風と共に去りぬ』を読んだことがあるだろうか。私を作家へと導いてくれた小説である。恋あり、三角関係あり、冒険ありと、その面白いことといったらない。私の年齢だと、男っぽくてセクシーなレット・バトラーにみんなが恋した。

中学生の頃、

「私もいつか恋人が出来るんだろうか。どうかレットみたいな人が現れますように」

と祈った私。

しかし男の人たちはたまらなく魅力的に描けているのに、主人公のスカーレットはものすごくイヤな女。わがままで自分勝手、うぬぼれが強い。人のダンナさんのことが好きで、なんとか奪おうと狙っている。

今回、あらためて原作を読んでよくわかった。スカーレットってたった十六歳なのだ。思慮深くなく、わがままなのはあたり前なのだ。だから私は思いきり、客観性のない若い女の子を描こうと思った。そのために、

『私はスカーレット』

というタイトルにしたのである。

それにしても、本当に面白いこの『風と共に去りぬ』。

私はいろんな人に語った。

「今の若い人たちが、なかなか恋愛や結婚をしないのは、小説を読まないせいじゃないかしら。恋愛小説を読んで、予備知識といおうか、レッスンといおうか、恋への憧れをつのらせる。スマホばっかいじってると、この恋をしたい、という気持ちがどんどん薄くなっていくんだよ」

人は若い頃、相手に恋をしているのか、恋というのをしてみたかったのか、自分でもよ

くわからないことがある。

そもそもイケメンでやさしく、頭のいい理想の男性にめぐり合い、お互いに同じぐらいのエネルギーで好き合う、なんていうのはまず奇跡に近い。

そう好きでもないけど告白された相手とつき合ったり、なんとはなしにそういうことになったというのがほとんどであろう。

「本当にこの人のことが好きなのかしら」

と自分に問うこともあるけれども、それでも誰かとつき合った方が絶対にいい。

なぜならば、いい恋を呼び寄せるには、常にコンディションを整えておかなければならないからだ。一応彼氏という人がいれば、お肌のお手入れに、ムダ毛の処理もばっちり。着るものにも気をつかうし、楽しい会話というのも心がける。

結婚する時は、また別のテクニックが必要であるが、そうでなかったらいつも恋愛モードにセットしとかなくては。素敵な人が現れたら、乗り換えればいいだけの話だ。ただし前の彼がストーカーにならないように気をつけて。

私の友人は婚約が整い、結婚式の日どりも決まっていたが、短期のアルバイトに出た。そこで別の男性と出会い、あっという間に婚約破棄し、その彼と結ばれたのである。恋愛オーラ、幸せオーラがあると、他の男の人が寄ってくるという典型。

こういうドラマティックな展開、私の大好物。そう、人生は恋をしてナンボ、波瀾（はらん）万丈に生きてナンボと教えてくれたのは、小説『風と共に去りぬ』なのである。

ハイヒールはまっぴら⁉

このあいだから、かなりしつこく歩行レッスンについて話したと思う。

以前から歩き方がヘン、と言われ、自分でもかなり気にしていた。それよりも右足の小指に大きなマメが出来て、靴にあたるとすごく痛い。おかげで靴箱にあるかなりの数の靴が履けなくなってしまった。どれも小指があたってつらいのだ。

それならばと、ソフトレザーや布、スエードといった素材の靴を買ったのであるが、やはり痛い。途中で我慢出来なくなり、後ろを踏んづけてしまったぐらい。

ところがパーソナルトレーナー&カイロプラクティックの人は、私の甲をひっぱったり押したりしてくれた。すごくむくんでいるので、どんどん甲の幅が広がっているのだという。かなり痛かったが我慢した。

そもそも私は親指を全く使っておらず、外側に重心を置く歩き方。ぺたんぺたんとカカトから歩く、最悪の歩き方をしていたのだ。

絶品！セリーヌの
ソフトレザーの
スニーカー

「歩き方を変えれば、腸腰筋を使うようになって、お腹のへんがすっきりするから」

ということで、ずうっと歩くレッスンを受けるようになった。

それが三ヶ月。今日、セリーヌのスニーカーを久しぶりに履いたら、全く痛くないではないか。この白いソフトレザーの靴が、これからのワードローブに加わるのだ。嬉しくてならない。

そう、白いスニーカーは夏のマストアイテム。以前はいかにも〝スニーカー〟といった感じのものばかりであったが、最近はおしゃれな白い革のスニーカーが大流行だ。パンツはもちろん、ロングのスカートに合わせると、とたんに今年っぽくなる。私は昨年から白いスニーカーを探していたのであるが、今ひとつピンとこなかった。

ブランドものの、プリントがいっぱい入ったスニーカーを買ったこともあるが、やはり白にまさるものはない。それがシンプルだけど素敵、という白いスニーカーはなかなか見ないのだ。

今年（二〇一九年）の誕生日に、男性の友だちから白いスニーカーをもらった。ブランドものである。イヤなのは、私の足のサイズを知っているっていうこと。たぶん店員さんが教えたに違いない。おい、おい、機密漏洩（ろうえい）にならないかい。

足の小指がものすごく痛い頃だったので、彼はワンサイズ上のものをプレゼントしてくれた。が、これがかなりダサい。人からもらって文句を言うのは失礼であるが、大きなサイズの白スニーカーというのはイカさないのだ。

前にも話したと思うが、セリーヌのバレエシューズを愛用していた私。やわらかくてデザインが素敵。しかしデザイナーが代わり、もう生産しないということで、あわててあちこちで買った。

ハワイのアラモアナショッピングセンターで、残っていた黒のバレエシューズを見つけた時の嬉しかったこと。しかもその傍には、白いソフトレザーのスニーカーもあった。可愛くてもちろん購入したのであるが、小指が痛くてたえられない。かなり無理して履いていたのであるが、いつか靴箱の片隅に追いやるように。

先ほども書いたとおり、それがすんなりと入るではないか。小指のマメもほとんど消えている。

着地はカカトからではなく、足の裏全体で、重心は内側に、そして親指に残す……これらのことを忠実に実行したら、小指の痛みがとれ、靴がすっきり入るようになったのである。これならばハイヒールもオッケーでしょう。

と思っていたら、日本では突然#ＫｕＴｏｏ運動が。もう強制されたハイヒールはまっぴらというのだ。

二つの驚きがあった。世の中にこれほどヒールを強いる企業があったということ。レースクイーンぐらいだと思っていたのに。

もうひとつは、ハイヒールを履くのは女のおしゃれで喜びだと思っていたが、違う場合もあるということ。ヒールのある靴を履くと、脚が長く美しく見え、姿勢もぐっとよくなる。私などずぼらで、いつもヒールを敬遠していた。だからさっそうと、八センチぐらいのを履いている人が、どんなにまぶしかったか。

しかし世の女の人は、こんなにヒールがイヤだったのか。つまり、自分の意志で、好きな時に履くのはいいけれど、他人から強要されるのはまっぴらということか。そりゃそうだろうなぁ。ヒールというのは、かなりの訓練と「エイヤッ」と思う気持ちがなくては履けないものである。ファッションには必ず表と裏がある。自分が求める女らしさと、他人から強要される女らしさとは天と地ほどの差があるのだ。

それにしても気になるのは、「ドクターX」の大門未知子。新シリーズでは白衣にあの十センチヒール履くのかなぁ。

私にはあれは、男社会に対する反逆とも見えるのだが。

再び、聖地へ

神さま
私に大きなパワーを

世の中にはふた通りの人間がいる。スピリチュアルなことを信じるか、信じないか。

私はもちろん信じるほう。特定の宗教は持たないが、この世の中は、多くの目に見えないものによって動かされていると信じている。時々、私はその大きなものによって守られていると感じることがある。

そして行ってきました、沖縄。そう、スピリチュアルなもので充ちているあの土地。私はここに仕事で行くたび、ユタという女性に何人も会ってきた。

ユタというのは、その地域の人たちの未来を占い、幸せと健康を守る女性、といったらいいだろうか。沖縄ではたいていのうちで、かかりつけのユタさんがいる。

「私のうちにもいますよ」

と若い女性が言った。

「私の進学や、姉や兄の結婚、うちを建てる時、必ずおうかがいをたてます。本当にこれでいいのか聞いて、ゴーサインを出してもらいます」

私はついそういう時、

「そのユタさん紹介して」

とお願いしてしまう。彼女に連れられ、車に乗ってすごく遠いところへ行ったこともある。ユタさんといっても特殊なところに住んでいるわけではなく、ごくふつうのおばさんがほとんどだ。家族で夕食を食べているリビングルームで、コンバンワをして、隣の小さな部屋で占ってもらったこともあった。

あたったこともあるし、あたらなかったこともある。ほとんど言われたことを忘れてしまった。

それが五年前のこと、とても不思議な体験をしたことは、もしかしたらお話ししたかもしれない。

那覇のある有名観光地からすぐのところ。石段を降りていくと、住宅が何軒かある奥に小さな林がある。ここは知る人ぞ知るパワースポットなのだ。

「私はここでお告げを聞いたの。すぐ近くにカフェを開きなさいって。今では世界中から、スピリチュアリストの方々が、ここにやってきますよ」

というA子さんは、那覇で手広く事業をするキャリア・ウーマンである。私と脚本家の中園ミホさんは、彼女の属する女性経営者団体のご招待で、講演会にやってきていた。

「素晴らしいパワースポットを案内したい」

ということで皆でその林の中に入っていったのだ。木もれ陽が光って、涼しい風が流れていく。なんだかとてもいい気分。ここが特別な場所だということはなんとなくわかった。

するとは前を歩いているA子さんが突然泣き出すではないか。号泣といってもいいぐらい。泣きながら、目の前の巨木を指さしたのだ。

「ほら、そこに神さまがいらっしゃいます。あなたたちの願いごとを何でも聞いてくださいます」

その瞬間、私は反射的に叫んだ。

「どうかダイエットが成功しますように」

「ふざけないで！」

いつも温厚な中園さんが大声で怒鳴った。

「私たちは大河でしょう」

「あぁ、そうだった」

私たちはこの何年か、いつか二人で大河ドラマがやれますようにという大望を抱いていたのだ。そしてご存知のように、大河ドラマ「西郷どん」は昨年（二〇一八年）放送された。

とても忙しくなったが、沖縄の神さまのことを忘れたわけではない。私は中園さんにもちかけた。

「二人でお礼に行かない？」

「そうだね、私もずっと気になっていた」

ということで、今回私の仕事のスケジュールに合わせ、二人で那覇にやってきたというわけだ。

空港にはA子さんが迎えにきてくださった。彼女と仲よしの若い女性も一緒。典型的な沖縄美人で大きな目がくるくる動く。四人でまた私たちの聖地へ向かった。最近ここに来る観光客は多いらしく、巨木のまわりは進入禁止の柵がはられていた。

「地元の者はいいんです」

とA子さんは言い、柵の間から入って木の前に立った。五年前と変わらない静かな空間。後ろを守るように崖があり、熱帯植物がおいしげっている。私はひんやりと冷たい巨木の肌に触れ、お礼を言った。

「神さま、私たちの願いをかなえてくださってありがとうございます」

A子さんに言わせると、その時神さまは静かに降りていらしたそうだ。

すると目の前に、見たこともない大きな黒い揚羽蝶が現れ、横切っていった。ひらひらと空にあがっていく。本当に素晴らしい気分。

次の日、私は別の仕事のために石垣島に行ったが、中園ミホさんはA子さんたちに連れられて、海のパワースポットに行ったそうだ。写真が何枚も送られてきた。万歳をしていてとても可愛い。私も負けずに、石垣で素敵な体験をした。

この眉、おいくら？

私の友人が言った。ヘルスメーターにはのらないと。

「どうして朝からイヤな気分にならなきゃいけないの!?」

あっぱれである。

私もそれにのっとって、だらだら食べヘルスメーターにのらない日が、もう一ヶ月続いている。毎日好き放題食べて、このあいだは何年かぶりに氷あずきを食べた。

ちなみに一緒に氷を食べた、元プロテニスプレイヤーの友人は、何十年ぶりかに食べたそうである。それだけ糖質たっぷりのすごい食べ物だったのだ。

しかし反省の日はくる。

おとといのこと、人気の焼肉店に男女四人で行った。そしてシャンパン一本と赤と白のワインを四本飲んだ。

「最高級のお肉をお願い」

と言ったので、サシの入ったすごくいい肉がいっぱい出てきた。かなり脂がのっている。

それを赤ワインでじゃぶじゃぶ流し込むように食べる。

一週間はイモトでがまん

みんなの話は面白かったし、盛り上がった楽しい夜である。

しかし、やはり私はしてはいけないことをしてしまったらしい。かなりお酒が強いと自他共に認める私であるが、明け方、吐き気で目が覚めたのである。

ものすごく気分が悪い。重度の二日酔いである。トイレでゲーゲーやろうとしても、ふだんそういうことをしたことがない私は、ストッパーが働く。ゲロしちゃいけないと、体が働くのだ。

よってすごく苦しい。ベッドの上でのたうちまわった。

週に六日も外食する人っている？　しかもなかなか予約がとれないおいしいとこばかり。月曜日フレンチ、火曜日イタリアン、水曜日お鮨、木曜日焼肉、金曜日懐石……という信じられない生活をしている。お酒もいっぱい飲むし、これで太らない方がおかしい。外食はお金だって遣う。おごられることも多いけれど、その倍以上、人にご馳走している。

お金遣って体重増やして、ゲーゲーやって、―あぁ、私っていったい何をしてるんだろうか―反省のあまり涙が出そう。

早朝からベッドの上でのたうちまわり、午前中のジムのパーソナルトレーナーをキャンセルした。その後に会議がひとつあるが、問題は夜のカウンター懐石である。

「体調悪いから行けなくなった」

と連絡すればいいんだろうけれど、当日のドタキャンは、いちばんしてはいけないことであろう。それにそのカウンター懐石は、東京でいちばんおいしいと有名なのだ。予約は今年いっぱいムリなんだそうだ。

そんなお店をどうして断ることができるだろうか。

午後になったら少し具合がよくなり、八重洲で行われた会議に出席。しかしまだ迷っている。

「コース料理を食べる気力、体力があるかなぁ……」

時間があったので、とりあえずマガジンハウス近くの喫茶店へ行き、担当のシタラちゃんを呼び出した。そこでイラストを描き、いろんなお喋りをした。

「うちの大学生の娘、突然八千円くれって。眉のエステに行くんだって。そんなとこあるんだねぇ」

そうしたら彼女は、もちろんと大きく頷いた。

「眉っていちばんトレンドが出ますからねぇ」

そういえば確かにそうだ。その昔、ブルック・シールズの太いゲジゲジ眉が大流行したと、知っている人は少ないに違いない。

それどころか、

「ブルック・シールズって誰?」

と聞く人の方が多いだろう。一世を風靡（ふうび）した女優さんで、ものすごく太い、ほとんど手入れをしていないゲジゲジ眉をしていた。が、その眉が強い女を表しているようで、バブルの頃は大流行したものだ。

私もぼさぼさのほとんど手入れをしていない眉をしていたが、その後、眉はかなり細くなり、私は切ったりひっこ抜いたりした。その結果、眉はものすごく細く薄くなり、眉を描かないことには、人前に出られなくなったのである。

「ハヤシさん、今はアートメイクがすっごく流行っているんですよ」

シタラちゃんはスマホを見せてくれた。

「これはコースで十万円くらいです」

「十万円！」

あまりにも高い。自分で描いてればすむことではないだろうか。

「だけどこんなにうまく綺麗に描けますか」

確かに一本一本、毛の流れに沿って描いていていてとても自然。

「このサロン、行く、絶対に行く」

と騒いだら、シタラちゃんは冷静なことを言った。

「だけどこのアートメイク、一週間は濃くってイモトになるそうですがいいですか」

それはちょっと……。オバさんがイモトの眉になったら、とんでもないジョークだ。まだデブの方がいいよねーと私は笑い、それですっかり元気になり、カウンター懐石の店へと向かったのである。

ダイエットは哲学

忙しい、忙しい。

そんなに仕事をしていないのに、毎日本当に忙しい。

あたり前だ。ほぼ毎日、美と健康のためのスケジュールが入っているからだ。

以前もお話ししたとおり、トライアルだけでは絶対に終わらない私。必ず裏を返す。ひき続きやってもらう書類にサインする。

そのために大変なことになった。ヘッドスパ、顔を上げてくれるマシーンのナントカ、カイロプラクティック、ふつうのエステに、週に二回のジムのトレーナー。が、

「そんだけやって、アンタ、そんなもんなの」

と人は言うであろう。だが頑張っているからこそ、このレベルで済んでいると思っていただきたい。近くで見ていただければわかると思うが、肌はツヤツヤ、髪には天使の輪っかがある（時もある）。

しかし体型はオバさんのまんま。それどころかますます増量している。なぜならジムの

トレーナーは言った。

「ハヤシさん、体は見た目が大切なんですよ、カタチがよくなればいいんです。今ね、しっかり筋肉をつけていますから、体重は気にしなくていいですからね」

私はその言葉を信じた。そしてふだんなら極力避けているお鮨やケーキも食べた。焼き肉にワインもぐいぐい。冷やし中華に氷あずきも何年かぶりで。

その時の私の複雑な心理を、どう表現していいのだろうか。

私はこの何十年、もの心ついてから、ずーっとダイエットをしてきた。エッセイのネタにするために痩せないんだろう、と言う人がいるがそんなことはない。人生、五十キロ前半になったことが三回ある。

一回めは大学生の頃、ボーイフレンドが出来た時。二回めは「鈴木その子式」が、うまくハマった時。

三回めは肥満クリニックで薬を処方してもらった時。しかし「顔色が土気色」とか言われ、すぐにやめてしまったっけ……。

つまり私は、もうダイエットというものに疲れ果てたのである。

「もうトシだし、デブの明るいオバちゃんキャラでいいかも」

と思い、この一ヶ月半、好き放題食べた。実験的に、自分の体がどれだけ太るか知りたかったのだ。その結果、スカートが全滅した。ジャケットも全く違うシルエットに。脱ぐ時きつい。何よりも精神的に私は苛立つようになり、落ち込んだ。

「私ってつくづくダメな人間だ……」

そして四日前。勇気をふりしぼってヘルスメーターにのった。糖質をいっきに注入した私の体は五キロ増えていた……。

しかし私は落ち込まなかった。原因と結果はわかったのだ。後は克服しかない！

男の人はバカにするが、ダイエットというのは哲学であり、生き方だと改めて思う。

ところで多くの人はこう言う。

「そんなに太ったとは思わなかった」

それはやはりジムでのトレーニングと、カイロプラクティックのせいではなかろうか。

カイロのトレーナー、A君のことは既にお話しした。友人のB子さんが、「最高よ」と紹介してくれたのだ。ハーフと見間違うようなイケメン。そして肩幅のある長身。大学でアメフトをやっていたんだと。

「まるでモデルみたいな顔だよ。そして性格がすごくいいの」

と女だけの食事会で話したところ、みんな「イケメン」、「モデルみたい」という言葉に喰いついてきた。

「えー、何!?　そんなにイケメンなの」

後でB子さんから叱られた。

「オバさんたちが殺到したら、予約がとれなくなるでしょう」

しかしA君は、自分の魅力にほとんど気づいていないようだ。

「あなた、すごくモテるでしょう」

と言ったらとんでもない、と首を横に振る。

「僕はシャイなんで、女の人とうまくいきません。いずれは結婚したいですけどね」

三十一歳で自宅から通っているんだと。いかにも育ちがよさそう。

「マリコさんの体、僕が一生懸命つくり替えます。筋力がちゃんと使える体にしてみせますからね。そうしたらウソみたいに痩せますよ」

そう言いながら、イチゴと生クリームのサンドウィッチをくれた。

「僕はいつもマリコさんを見送るでしょ。後ろ姿見てチェックしてるんです。脚がまだ外向きですよ。筋肉が正しく使えていません」

昨日は冷たい雨が降り、A君がタクシーを呼んでくれた。姿が一瞬消えたかと思うと、手にはコーヒーの紙コップが……。

「マリコさん、今日は寒いから、これを飲みながら帰ってね」

熱いコーヒーにじーんときた。若い男性に親切にしてもらうなんて何年ぶりだろうか。しかも相手はさわやかなスポーツマン。私の体のことを、しんから心配してくれている……。

そんなわけで彼の施術を今回も予約し、ますます忙しくなっている私だ。彼の厚意に報いるため、ダイエット必死で頑張り始めた。

昔はさぞかし…

友人の誕生日パーティーに呼ばれた。

場所は西麻布のライブハウス。友人はサイケ風のターバンを髪に巻き、ベルボトムのデニムをはいている。そお、八〇年代ファッションを再現しているのだ。

彼女は今夜還暦を迎えた。昔なら六十歳というとお婆さんということになるのだろうが、今は全くそんなことがない。おしゃれでプロポーションもばっちりだ。

二十人ぐらいの友だちもみんな同じ年代でカッコいい大人ばっかり。

やがてバンドは八〇年代のディスコミュージックを演奏する。みんなそれに合わせて踊り出す。圧巻だったのは、主役の彼女の旦那さん。踊り方がハンパない。昔はさぞかし六本木や西麻布で遊んでたんだろうなァー、とポカンと見てる私。

さらに驚いたことに、リクエストの曲が演奏されると、ほとんどの人が歌えるということ。英語、英語でですよ。

まだデビューしてません

考えてみると、友人もその友だちもほとんどが留学の経験がある。下から私立の人ばっか。山梨出身の私なんかとはえらい違いである。

よく「高校デビュー」「大学デビュー」というけれど、一生デビューしていないとつくづく思う私。何というか、盛り場でお酒飲んで、はじけたり踊ったりということがまるでなかった。地方出身で臆病だったし、自意識過剰の私は人と一緒にバカ騒ぎするということが出来ないタイプである。

バブルの時だって、結構おとなしかったんだから。

漫画家の柴門ふみさんと、

「私たちジュリアナというところに行ったことがない」

と言ったら、秋元康さんが私たちを憐れんで、閉店後のジュリアナに連れていってくれた。清掃のおばさんがモップをかけている横で、秋元さんに勧められるまま、こわごわステージにのぼった私たち。柴門さんも徳島出身だから、こういうノリが同じところがあって、それで長くいい友だちでいられるんだろう。

そうかといって、私は東京出身のはじけた友だちも大好きだ。子どもの時からいろんなところに出入りしていて、人脈もハンパない。だけどそれをひけらかしたり自慢したりしないところが、お育ちのいい人たちの特徴。

今さら過去を比べることなんかおかしい。バイトして池袋の四畳半に住んでたら、どうして六本木のディスコなんかに行けるであろうか。当時は少しも行きたいとも思わなかったし……。

しかし、みんなが口を揃えて英語のディスコナンバーを歌っているのを見ると、ちょっとさみしい気分になってくる私。同世代なのに、こういうカルチャーがまるで身につかなかったのね……。

さて世の中には「元遊び人」という人たちがいる。「元ヤンキー」とか「元やんちゃ」というのとはまるで違う。

「あの人、若いころ相当のもんだったらしいよ」

と尊敬と憧れをもって語られる存在だ。うーんとおしゃれと遊びに精を出し、恋もいっぱいしたという人たち。もちろんおうちがお金持ちでないと、なかなかこの称号はもらえない。

男の人にはいっぱいいて、とても格好いい中高年になっている。派手めなものも難なく着こなし、話も面白い。時々こちらを見る目つきがセクシーでドキッとする。こうした威力は若い人にも通じるらしく、奥さんに内緒の愛人がいたりする。

しかし女性の「元遊び人」というと、探すのがなかなかむずかしいかも。あまりにも遊んだ人というのは、水商売の中に埋没してしまう可能性があるからだ。有名なバーのママに、よく伝説的な人がいるけれど、私が探しているのは、あくまでも今はふつうの奥さんになっている「元遊び人」。

若い友人のA君から、お母さんと一緒の写真を見せてもらい、私は叫んだ。

「何、この美人！」

それは海外で撮ったもので、二人はこのあとオペラに行ったんだと。水色のエスカーダのドレスを着たお母さんは、まるで女優さんのよう。とても私と同い年とは思えない。富豪の家に生まれたお母さんは、若い時に一回結婚して彼を産んだ。しかしすぐに離婚して、ずうっと一人で楽しく暮らしているらしい。

「うちの母は若い時から、世界中でいろんなことをしてきましたからね」

そうしたら偶然、青山のイタリアンレストランで、お母さんに会ったのだ。写真よりもはるかに美しく魅力的。オーラがびんびんとんできた。

「母を口説いてきた男たちって、すごいですよ。世界的指揮者に中東の大富豪……」

山梨出身で四畳半暮らしが、ちょっとせつなくなった時である。

ついにクライマックス

史上最大のことに！


今年（二〇一九年）、ジル サンダーのバーゲンで、とっても素敵なブラウスを買った。

それは一見ふつうのシャツブラウスなんだけれど、ベージュ色で、裾のところが大胆に斜めになっているデザインだ。

これにはタイトのスカートかパンツが合うはず。白がぴったりだな。そんなことは頭ではわかっている。しかし今、クローゼットには、私のウエストが入るものがほぼ壊滅状態だ。

仕方なく私は、コットンのプリーツスカートをはいた。これはとてもボリュームのあるデザイン。

上にもボリューム、下にもボリューム。うちの秘書は、

「可愛いけど、すごく太って見えます」

そんなことはわかっているけれど、今のところはけるのがこの白のスカートだけなんだ。

これを着てお芝居を観に行き、休憩中に売店のところにいたら、たまたま知り合いの男性

が近づいてきた。私を斜めに見る格好になり、意地悪気に目がピカッと光った。いつもものすごい皮肉を言う人なんで、

「雪だるまが立ってるかと思った」

なんて口にするかと思ったが、公衆の面前なんでやめにしたみたい。

そして次の日、私はクローゼットの中で、またはけそうなスカートを発見。それはウエストのところを紐で結ぶタイプ。黒地に黒のラメでお花が描かれている。ちょうどクラシックを聴きに、サントリーホールに行く予定があったので、ふわっとしたシルクのブラウスと合わせたところ、これが大評判。その後のパーティーでも、会う人、会う人、

「なんて素敵なスカート」

「ブラウス、おしゃれー」

と大好評であった。

別に自慢しているわけではない。しみじみと二つのことがわかったのだ。

ひとつは、まわりの人はちゃんと私の着ているものに注目している、ということ。

ふたつめは、イケてない格好をしている時、人は沈黙をしているということですね。だからいつも何も言われない私。

ここのところ最高値を記録した私の体重。心を入れ替えてダイエットを始めなくてはならない。が、私のスケジュールを見る。ダイエット開始週に、お鮨屋さんが二軒と和食の予定がひとつ入っていた。

そのうちひとつは、あの「すきやばし次郎」である。もはや予約不可能といわれるお店であるが、山本マスヒロさんがとってくれたのだ。作家の井沢元彦さんも一緒。私たちのために、あのご主人が握ってくださることになった。もはや国宝級となったあのご主人。ここで「少なめで」なんて言うことが出来るわけがない。

ここにやってくるのは四年ぶりのこと。前回もやはりマスヒロさんがとってくれたのだ。そこでいつも解説してくださる。

「第一楽章は、貝とのハーモニーを楽しんでね」

「このアナゴはツメ（上にかける甘く煮切ったタレ）が最高だよ。これをよーく味わって」

そしてあっという間に、二十貫を食べ終えた。深い満足。

あまりにも素晴らしいひとときだったので、次の日の朝はヘルスメーターにのらないことにした。

さらに二日後は、別のお鮨屋さんのカウンターに。ここはまぁふつうのところ。

「私はまず白身で焼酎飲んで、それから五貫だけ食べることにするから」

「私もそうするわ」

と友人と誓い合う。しかしどちらも食べることを生き甲斐にしている。五貫あっという間に食べ終わり、

「アナゴ食べようかな」

「あっ、アナゴあったか、私も」

「ネギトロ巻いてください」

「私にも半分」

の繰り返しであった。

ところで私のお鮨好きは、日本全国に知れ渡っているらしい。これは本当。なぜなら「アタック25」の名前あてクイズの画像で私が出た時、まず最初に映ったのはお鮨であった。

そんなわけで、いろんなところに講演に行くと、

「ハヤシさん、お昼はお鮨にしました」

と言われることが多い。南の国でも、最北端でも。非常に有難いのであるが、地方の握りはとても大きい。しかも盛ったものがくるので残すことが出来ず、つい食べきってしまうの。

そしてついにクライマックスの日が。ここも予約が困難な和食カウンター。次から次へとすごい食材が出てくるので有名なところだ。その日は大きな伊勢海老を目の前でさばいてくれ、ピチピチはねる鮎を串ざしに。途中で出る大ぶりの鯖鮨も最高。最後の炊き込みご飯も、デザートのわらび餅も……。

誰も信じてくれないのであるが、次の日、私の体重は二キロ増えていた。人間の体がこんなにいっきに太るものであろうか……。それで私は今日からマガジンハウス刊、『腸の名医に教わる「やせるみそ汁」』に挑戦することに。

もしや、モテ期？

まるで呪いがかかったように痩せない私。おかげでクローゼットの中の服が、壊滅しかかっていることは何度も書いた。

こうなってくると、おしゃれをする気がまるで起きない。いちばん困るのが、夏のちょっとした集まりである。スーッというわけにはいかないし、

「いいもん、この夏の暑さだもん、好きにさせてもらうもん」

こういう慢心といおうか、だらしなさが困った事態を巻き起こす。

仲よしの男友だちからバースデーパーティーのお誘いを受けた。バースデーといっても、いい年をしたおっさんである。しかもそのお店は、よく彼と食事をする西麻布のイタリアン。そこは彼の親友である有名ピアニストがやっているお店なので、とても我儘（わがまま）がきく。何人かでワインを持ち込み、そのピアニストに時々は演奏してもらうのだ。

「仲がいい人たちだけに集まってもらうから」

ということだし、会費も安かった。それでつい油断した私は、白いシャツとスカートと

いう格好で行った。

白いプラダのシャツに、黒いタイトを合わせるのは最近の私のお気に入り。シャツの下には黒のインナーを組み合わせるととても今年っぽい。これは店員さんたちの夏の制服にもなっている。

しかし、行ってみたら驚いた。いつもの地下ではなく、二階のちゃんとしたダイニング。真白いテーブルクロスに、ワイングラスやカトラリーがセットされた、フォーマルなディナーパーティーではないか。四十人の着席式だ。

男性はスーツで、女性は軽い夏のドレスかワンピ。中には着物姿の人もいる。美しいのと、いつも大胆なお洋服を着てくることで有名な女友だちは、背中がぱっくり開いたカクテルドレスであった。私はあきらかにずれたドレスコード。

こういう時ぐらい恥ずかしいことはない。しかも私はスピーチを頼まれていたのだ。

「いつも地下で飲んだくれているので、その延長で来ました。すみません」

と頭を下げたけど、顔が赤くなる。

パーティーにどういう格好で行ってもいいじゃんか、という人がいるけれども、私はそういうタイプじゃない。ものすごく落ち着かなくなる。

しかもここんとこデブになるばかりで、白いシャツはとても太って見えるのだ。

あら、すぐ斜め前にいるのは順天堂の小林弘幸先生ではないか。味噌汁ダイエットを考案して、マガジンハウスからこのあいだ発売されたコミックエッセイ『腸の名医に教わる

『やせるみそ汁』』はたちまち話題に。ご自身の書いたご本も何十万部と売れている。

「だけど私は痩せません」

つい愚痴を言った。

「毎朝飲んでいるのに痩せないんです」

「ちゃんと野菜を入れてる？　それから玉ネギは必ずすってくださいね」

と個人指導をいただいた。

この小林先生は、背が高くてなかなかのイケメンである。が、イケメンといえば、そこにいる某企業のCEO、A氏にかなう人はいないだろう。

A氏というのは、すこし前まで誰でも知っている某大企業のCEOをしていた。カッコいい経営者として、よくマスコミにも出ていたから、知っている人も多いに違いない。小林先生やA氏ばかりでなく、その日は本当に素敵な男性が多い会だったのである。

なぜなら私の仲よしの男友だちは、ワセダのラグビー部のOBである。このラグビーというのは鉄の絆を保っていて、ラガーマンというだけでみんな心をひとつにする。そこに集っていたセレブの男性たちは、みんなケイオーや医大でラグビーをやっていた仲間なのである。だからおじさんになっても、みんな仲がいいのだ。

やがてA氏が私に近づいてきて言った。

「ハヤシさん、今度小林先生も入れて、三人でご飯を食べようね」

「行く！　行く！」

すると傍にいた男性も、

「僕も入れてくださいよ」

と言うではないか。名前を言えば誰でも知っている、さる老舗企業の一族の方。さっそくみんなでグループラインをつくった。が、考えてみるとA氏とは、すでにラインがつながっていたのである。その夜にラインがあった。

「今度こそおいしいものを食べに行きましょうね」

ぽーっとなる私。A氏というのは、彫りの深いノーブルな顔立ち、長身といい、何から何まで私好みなのである。その彼から八月にご飯食べようね、と念を押されたわけ。

そういえば昨年のパーティーでも、ダンスが始まった時、彼は私を誘ってくれたっけ。

こういうのをモテるっていうのかもしれない。ひょっとして、今モテ期？ だって会う男性がみんなラインを教えてくれと言い、食事に誘ってくれる。まぁ、複数なのがナンだけど。これって、
①私が一応有名人だから
②話が面白くて一緒にいると楽しいから
③女性として魅力があるから
考えなくても①と②であろう。が、②を長くやっていれば③につながるかも。私はそう信じたい。

そうだ、着物を着よう

ちゃんとしたパーティーに、あまりにもカジュアルな格好をしていって、とても恥をかいたことは先週書いた。

私はやっぱりちゃんとおしゃれをする人が好きだなぁ、と思う今日この頃。

そのカウンター割烹の店は、予約が半年待ちという人気店である。毎回、奥のカウンターに二席とり、大切な人を招待する。いつも女性だ。

三ヶ月前のこと。ぎりぎりにお店に入ったら、一階で女将さんが言った。

「もうお連れさま、先にいらしてますよ」

「あら、早く来たのね」

「ものすごく綺麗な方ですね！」

うっとりしたように言う。

エレベーターで上にあがり、ドアを開けた時、彼女が立ち上がって迎えてくれた。その時、パーッとあたりの空気が変わった。他のお客たちもいっせいに彼女を見る。

彼女はとても手の込んだ大島紬を着ていてよく似合う。

「着物を着てきたんだ」

「だってマリコさんのご招待なんですもの」

こういうのって本当に嬉しい。

彼女はもともと美人で有名である。ご主人がお相撲の親方なので、若いけれど着物を着ることには慣れているだろう。

しかし美容院に行きアップにして、着物を着るって時間がかかる。それでもちゃんと着物で来てくれたんだ。

「めったに来られないお店に、マリコさんと来られて本当に嬉しいんだもの」

と何度も言ってたけど、その気持ちの表れなんだ。

そこへいくと私が長年いるマスコミの世界は、

「カジュアルで何が悪い」

っていうところがありますね。やっととってもらった三ツ星のフレンチレストランの、いちばん目立つテーブル。そこに若い編集者の男の子が、ニットにバッグを斜めがけにして入ってきた時は、

「ちょっとぉー！」

と思ったものである。私もそれに毒されてきたところがあるけれども、やっぱりちゃんとしたお店には、ちゃんとした服装で行こうと、彼女を見てつくづくと思う私である。

それからまた日にちがたち、先週のこと。再びお店の予約日が来た。少し早めに行き待

っていると、ドアが開き私の連れの女性が入ってきた。決して誇張でなく、強いライトがあたったようであった。彼女はカナリヤ色の着物を着ていたのである。夏なので絽という透ける無地の着物に、やはり黒の絽の帯を締めていた。古典芸能のおうちに嫁いだ人なので、やはり着物には慣れている。ベリーショートにしていて、真赤な口紅がこれまた黄色の着物とものすごく似合うのだ。

「何て素敵なんでしょう」

と女将さんもずっと傍を離れない。感心している。

「こんな風におしゃれをしてくると、お店としても嬉しいですよね」

「もちろんですよ。ものすごく張り切っちゃいますよー」

とカウンターの中の板前さんが言った。

私たちの傍では、IT関係とおぼしき男性たちが、Tシャツ姿でシャンパンを飲んでいる。最近男の人でもこういうのが多い。高級店にはジャケットぐらい羽織ればいいのにと、私など内心思うわけだ。

ところで、

「人にしてもらって嬉しいことは、人にもする」

というのが私のモットーである。

今日、出版社の社長さんからお食事のご招待を受けているのであるが、場所は築地の高級料亭である。お座敷で贅を尽くしたお料理が出てくるはず。

郵便はがき

料金受取人払郵便

銀座局承認

9422

差出有効期間
2021年1月3日
まで
※切手を貼らずに
お出しください

104-8790

627

東京都中央区銀座3-13-10

マガジンハウス
書籍編集部
愛読者係 行

ご住所	〒		
フリガナ		性別	男 ・ 女
お名前		年齢	歳

ご職業	1. 会社員(職種)	2. 自営業(職種)
	3. 公務員(職種)	4. 学生(中 高 高専 大学 専門)
	5. 主婦	6. その他( )

電話		Eメール アドレス	

この度はご購読ありがとうございます。今後の出版物の参考とさせていただきますので、裏面のアンケートにお答えください。**抽選で毎月10名様に図書カード(1000円分)をお送りします。**当選の発表は発送をもって代えさせていただきます。

ご記入いただいたご住所、お名前、Eメールアドレスなどは書籍企画の参考、企画用アンケートの依頼、および商品情報の案内の目的にのみ使用するものとします。また、本書へのご感想に関しては、広告などに文面を掲載させていただく場合がございます。

❶お買い求めいただいた本のタイトル。

❷本書をお読みになった感想、よかったところを教えてください。

❸本書をお買い求めいただいた理由は何ですか？

●書店で見つけて　●知り合いから聞いて　●インターネットで見て
●新聞、雑誌広告を見て（新聞、雑誌名＝　　　　　　　　　　　　　）
●その他（　　　　　　　　　　　　　　　　　　　　　　　　　　　）

❹こんな本があったら絶対買うという本はどんなものでしょう？

❺最近読んでよかった本のタイトルを教えてください。

ご協力ありがとうございました。

「そうだ、着物で行こう」

と思い立った。

話は変わるようであるが、大昔に買った越後上布というものがある。このあいだ呉服屋さんの展示会で見たら、なんと六百万円という値段がついていた！　もうつくり手がいないので、重要文化財となり、バカ高い値段につり上がったんだって。

しかし麻の着物であるから、絶対によそゆきにはならない。カウンター割烹のお店ならいいけど、料亭には着ていけない。六百万の麻の着物はダメだけど、六万の絽ならオッケー。それが着物の〝格〟っていうこと。それが着物のルール。

今日私が着ていくのは、白地に藍の模様が入った絽の着物。私の夏のいっ張羅だ。これに茶色の夏帯を締めていく。

今日は十二時にジムのパーソナルトレーニングが入っていた。そして三時半から週刊誌で、女優さんとの対談。

私の計算だとこうだ。午前中に美容院、十二時から一時までトレーニングして、ざっとシャワー浴びて二時に帰ってくる。それから着物を着て、三時に車で出かける。しかし考えた。夏の着物に「急ぎ」は禁物。ちょっとでも焦ると、汗がどっと出る。着崩れる。冷房ガンガン効かしてゆったりとした気分で着なくては。そんなわけでジムをキャンセル。

着物は手間がかかる。しかし相手の喜び方はびっくりするぐらい。この私レベルでも。

本物に誉められた！

今年の夏休みはどこにも行かなかった。

ぐうたらぐうたら、うちの中で本を読み、テレビを見て、それからお芝居やミュージカルをいっぱい観た。

米倉涼子さんの「シカゴ」は、ものすごい人気でやっとチケットをゲット。まず米倉さんの美しさに唖然とした。

英語もうまいし、ダンスと歌のレベルも、ブロードウェイスターたちにひけをとらない。ここまでになるには、どれだけの努力をしたことであろうか。ミュージカルだけでなく、米倉さんは映画やテレビに大忙しの人気者だ。稽古する時間だって、なかなかつくれなかったに違いない。それなのに、歌と踊り、英語をここまでものにしたのだ。

「並の美人女優じゃない」

と、つくづく感心する。

そもそも私は舞台が大好き。この一週間も小劇場のストレートプレイ、新派、歌舞伎とたて続けに観たぐらいだ。自分の肉体を使い、全く別の人間になりきり、そして多くの表

現をするって、素晴らしいことだと思いませんか。

そうそう先日観た宝塚の「オーシャンズ11」もよかったなぁ。トップの真風涼帆さんのあまりのカッコよさといったら……。

宝塚の方々というのは、この世の人とは思えないほど美しい。背も高く脚も長くて完璧なボディを持っている。それをさらに鍛え、歌と踊りのスキルを身につけるのである。その厳しさをもって、夢の世界をつくり上げるタカラジェンヌ。だから皆は熱狂する。

夏休みも終わりの週末、友だちからラインが入ってきた。

「明日さ、うちでタカラジェンヌたち呼んで、乙女会するんだけど来ませんか」

「行く、行く」

持ち寄りパーティーということで、うちのワインセラーから二本取り出す。そしてデパ地下に行って、何か買うことにした。

が、はたと迷う。

タカラジェンヌの方々って、いったい何を召し上がるのかしら。やっぱり糖質制限ダイエットをしているんじゃないかしら。太るものはまずいわよねー。

ということで、サラダをたっぷりとキッシュ、エビのチリソースなんかをつつんでもらう。

そしてダンナが留守（やっぱりこのシチュエーション最高）の友だちのマンションに行ったら、美しい若い女性が四人。三人はOGさんで、現役は一人だけであった。みんな芸名を名乗ってくれたのであるが、正直私の知らない方も。

が、私の友人三人は、熱狂的なヅカファンである。ひとりひとりの期はおろか、同期のスターさんも諳(そら)んじているのである。

そしてワインを抜いてお食事が始まる。見事に二手に分かれた。

テーブルの右手は、現役とOGのタカラジェンヌ。みんな最近の仕事の話をしている。

左手はおばさんたちのグループ。

「シンジローの結婚どう思う?」

なんてぺちゃくちゃ喋っていた。

が、二手がひとつになる時が来た。友人が、〝宝塚名場面ハイライト集〟のDVDを、大きなモニター画面にかけたのだ。

「わー、ずんこさんがいるー!」

「キャー、たかこさんだー!」

悲鳴をあげて喜ぶ現役&OGタカラジェンヌたち。全員立ち上がっている。

「私はわかったの。宝塚のいちばんのファンは、タカラジェンヌたちだって」

と友人。そこでやめておけばよかったのに、奥の方から別のDVDを取り出した。

「みなさーん。マリコさんのミュージカルを見ましょうよ」

「やめて! やめてよー」

そう、それは、私が参加している文化人の団体エンジン01が、10年前に上演したミュージカルである。

「せっかく高知に行ってオープンカレッジするんだったら、坂本龍馬のミュージカルをつくろう」

という秋元康さんの発案でつくられたもの。制作はもちろん、出演者も全員エンジン会員。茂木健一郎さんが勝海舟をやり、井沢元彦さんの新撰組、私が龍馬の妻おりょう。

そして宝塚宙組の元トップスター、姿月あさとさんが主人公の坂本龍馬を演じてくださったのである。この時の夢のような出来ごとは、もう何度も書いている。私にとっては誇らしい記憶だ。

しかし、本物のタカラジェンヌの方々に見られるのは話は別だ。

「キャー、やめて、やめて」

私は必死に抵抗したのであるが、DVDはかけられた。

そして意外だったのは、彼女たちは誰一人笑わなかった。それどころか、

「ちゃんと歌を歌っている。すごい」

と誉めてくれたこと。図にのった私が、

「私も宝塚入れたかしら」

と聞いたら、いけますよーと即答してくれ、涙が出そう。やっぱり表現者というのは、表現しようとするシロウトさん、バカにしないんだ。嬉しい。それにしても、この時の私、今より二十キロ痩せている。今の私が演じたら、完全にコミックショー。

Tシャツ、バンザイ

友人の誕生日パーティーに、元ラガーマンたちが集まった。

ワセダやケイオー、医大のラグビー部にいた彼らは、本当に結束が固い。大学を超えて今も仲よしグループ。

その中でイケメンスター社長A氏から、

「ハヤシさん、今度ご飯を食べましょうよ」

と誘われた話は以前書いた。

その他にも、

「入れて、入れて」

と言ってきてくれた男性がいて、これは何十年ぶりかのモテ期ではないかと胸をときめかせていた私。

地位もお金もあり、しかも外見グッドの方々が、私をちやほやしてくれるらしい。

「ワイン持ち込みOKの個室を予約しましたよ」

とA氏からラインが入り、わくわくは最高潮。

ところがその二日後、こんな連絡が。

「ハヤシさん、出席者が十人になりました。なんか短い講演をしてください」

だって！

こんなのひどいと思いませんか。私のこと女としてじゃなく、単なる文化人のおばさんとしか思っていなかったわけ。

私が男性をひとりじめするつもりだったが、そういうことではないらしい。

私は仲よしで座持ちのいいB子さんにラインした。

「これこれしかじか、私を囲む会がいつのまにかミニ講演会だと」

「しかしすっごいメンバー」

「五人ずつの割りあてです。よろしく」

ところで、夏が終わろうとしている。

私の服飾史上、今年は最悪の夏であった。なぜならば、体重が急激アップし、そのまま戻らなくなったからだ。

いつものように糖質を抜いても、週に二回ジムでトレーニングしても、体重はぴくりとも動かない。

そのくせちょっと食べると、一キロ二キロ数字ははね上がる。どうも体がダイエットに慣れてしまい、ちっとやそっとのことでは痩せなくなってしまったようである。

その結果、夏のスカートがほぼ入らなくなってしまった。このあいだは紙袋に入ったま

まのブランド品を発見。春に買った夏もののブラウスとスカート。着てみたらキチキチではないか。これは、

「いくらなんでも夏までには痩せるから」

と見切り発車したものと思われる。

とにかくスカートが入らない。着用出来るのは、ウエストがゴムになっているのとかホックをかけなくても、そんなにシルエットがくるわないデザインのもの四枚ぐらい。おかげで、スマホの写真を見ると、いつも同じ格好をしている。

その代わり、といっては何だが、Tシャツを本当によく買った。

もともと私はTシャツが大好き。こだわりがあって、ネックの形とか袖とか、好みがある。

それよりもいちばん大切にしていることは、いいTシャツをクリーニングに出して着る、っていうことであろうか。

うんとおしゃれな友人から、

「Tシャツはブランド品を買って、一年間はクリーニングに出すことね」

と教えられたからだ。

もちろんうちでは、通販で買ったのや、安いのをじゃぶじゃぶ洗濯機で洗っているけれど、外に着ていくTシャツはすべてクリーニングに出す。真白いプレーンTシャツも、必ず出す。プロのアイロンがかかった、ピシッとした白いTシャツを着る気持ちよさといっ

たら……。上にジャケットを着ても、いいTシャツはちゃんとわかる。多少お金がかかっても、この気分には代えられない。

そしてクリーニングに出すから、私のTシャツはすごく長持ちする。カットワークが凝ってるのや、レースがついているプラダやシャネルは三、四年着ている。さすがに白い部分がちょっとなぁ……という時は「二軍落ち」。もうクリーニングに出さないことにしているけど。

最近のヒットは、台湾で買ったルイ・ヴィトンだ。とてもTシャツとは思えない値段であったが、ペイズリープリントがものすごく素敵で、これ一枚でどこへ行ってもオッケー。ところでつい最近、友だちの買物につき合った。行ったところはモンクレールの銀座店。私はここのダウンを一枚持っている。きっとお店もダウンでいっぱい、と思ったらとんでもない。ここはTシャツフェチの私にとって、目が覚めるような場所であった。

可愛い、可愛い、可愛い！　Tシャツが並んでいる。ラインストーンがブローチみたいについているのや、ネックレスみたいに首まわりについているのがあった。昔、コム・デ・ギャルソンでも、こんな風なTシャツ売っていたけど、モンクレールの方がラインストーンが小さく、本物のネックレスのように見える。あまりにも迷ったので、ブローチ型のデザインの白と黒、ネックレスタイプを一枚、合計三枚も買ってしまった。

しかもここには、ウエストがゴムの（！）スカートもあり二枚お買上げ。夏の終わりに、とたんに衣装持ちになった私である。

永遠に忘れない日

ジャニーさんのお別れ会に参列した。場所は東京ドームである。一部の関係者の部には、知っている方々がいっぱい。

右隣は武田鉄矢さん、左隣は秋元康さんという超ＶＩＰにはさまれ、かなり緊張している私。

巨大なスクリーンには、ジャニーさんが演出した数々の舞台映像が映し出される。その中には私が見た帝劇のものが多い。

ジャニーさんとは深いおつき合いというのではなかったが、時々東宝の方を通じてお誘いがあった。

「次の公演は、ジャニーズのなりたちを描いたものなので、ぜひハヤシさんに見て欲しい」

そしてうかがうと、休憩時間にすっごいご馳走をしてくださる。お鮨や果物、チョコレート、お菓子が並べきれないくらいあった。

一度、渡辺プロの渡邊美佐名誉会長に連れていってもらい、帝劇に行ったことがある。するとき休憩中の貴賓室にジャニーさんがやってきて、楽しそうなお喋りが始まった。二人

ありがとう
ジャニーさん！

Thank you Johnny

のレジェンドを間近に見るという、非常に贅沢な時間であった。

これはかなりの自慢なのであるが、ジャニーさんが突然、稽古場に私を案内してくださったこともある。ちょうどお芝居の練習中であったが、みんなはやめてきちんと整列。

「この人は作家のハヤシさんだよ」

と紹介してくれて、もう天にものぼる気分。

「こうなったら、森光子さんの後釜狙おうかしら」

と冗談を言うぐらい舞い上がった。

やがてスクリーンでのコンサートシーンは終わり、今度は所属タレントの、

「ジャニーさん、ありがとう」

というコメントが続く。

そして最後にロケットテープが発射された。本当にショウを見ているみたいだ。銀色のテープがいっぱい降ってくる。私の前にもひらひらと。

私はそれをキャッチして、バッグの中に入れた。これをジャニーさんの思い出にしようと決めた。

その時だ。喪服を着た百五十四人のジャニーズメンバーが行進してきた。その光景のすごさに、思わず鳥肌が立ってしまった。

だってこちらを向いて立っているのはスターばかり。マッチや木村さん、中居さん、キンキ、嵐もいる。TOKIOもV6も、関ジャニもキンプリも。

ジャニーさんがしてこられたことは、本当に偉大だったんだと思わずにはいられない。

ジャニーズのメンバーは歌と踊りもうまいが、演技者として卓越した人が何人も出ている。岡田准一さんが時々、歌番組で踊っているのを見ると本当に驚く。私の中では、もはや演技派の映画スターという位置づけなのだ。ほかにも、大河ドラマで活躍されている方々もいる。

いろんなことを思い出しているうちに、二十分ほどで会は終わり、その後献花をした。そして帰ろうとしてまたびっくり。嵐とかのスターが、並んで参列者をお見送りしてくれるではないか。

誘導も完璧で、あの秋元さんも、

「すごい仕切りだよね」

と感心していた。なぜなら、関係者の部に参列した人たちはすごい人数で、ドームの反対側では、一般の方八万人以上が並んでいたのだ。

「いいなぁ……、私も行きたかったなぁ」

その後ランチを食べたのは、自他共に認めるジャニオタのA子さんである。彼女は一般の部で並ぼうかと思っていたのだが、

「やっぱりトシだから、若いコに混じって何時間も並ぶのは無理」

ということで諦めたらしい。

その代わりに、私は記念品にいただいたミニアルバムを見せてあげた。そこにはジャニ

ーズの所属タレントの年譜とか、ジャニーさんのお若い時からの写真が載っている。昔からとてもおしゃれでスマートな方だったことがわかる。

「これって、すごい激レアもんですね」

と羨ましそう。

「私たちジャニーズファンは、ジャニーさんをしのぶものは何でも欲しいと思いますよー」

が、これはあげるわけにはいかないので、私はテープをちょびっと切ってあげることにした。それでも彼女は大喜びであった。

この後エステに行き、神宮球場でナイターを見て、私の一日は終わるはずであった。ところが思いがけない出来事が。入院中の愛犬が急変し、あの世へ旅立ったのだ。野球の途中で、タクシーで駆けつけたら、夫の腕の中で息をひき取った後であった。

偉大な人のお別れ会と、うちのワンコとを一緒にしては申しわけないが、泣きに泣いた一日。九月四日は永遠に忘れることが出来ない日となったのである。

痩せすぎだもん

体重を量ったことがない、という友だちがいる。

「だって、朝からイヤな気分になりたくないし」

その気持ちはすごくわかる。

さて、このところ、体重が呪いのように増え続けていることを書いたと思う。前だったら二、三日夕飯を主食抜きにすると、一キロぐらいすぐに減った。が、何をやってもぴくりとも動かない。そのくせ、一回でもお鮨を食べたら、ひと晩で一キロ増える……。

なんてことを、もう何十回書いただろうか。読んでいる方も飽きただろうが、書いている方もつくづく哀しくなってきた。

体重の三百グラムや五百グラムで、一喜一憂する人生って何だろう。そう、ダイエットの第一歩は、毎朝体重を量る、なんて言ったのはウソにきまってる。私はもうしばらく、ヘルスメーターにのらないことにした。

ところが、先日なんとなく気になって、洗面所のヘルスメーターにのったら、おそらく電池がなくなっていたんだろう。表示がいったりきたりしている。そして四十キロ台で動いたと思ったら、五十二・三キロのところで止まった。

この数字、気に入った。これを私の体重にすることにした。そう、私の体重は五十二キロよ。身長は百六十五センチだから、年齢からしてちょっと痩せすぎかも……。

ところで四日前のこと、お相撲の秋場所を見に出かけた。最近〝スー女〟ならぬ〝スーおばさん〟になっているのは、しょっちゅうチケットをくださる方がいるからだ。

その方はお金持ちで、ある相撲部屋の後援会に入っている。だから「砂かぶり」とかのいい席も手に入るのだ。私はお相撲さんの汗がとんでくる「砂かぶり」も大好きだが、おいしいものを食べたりお酒を飲んだり出来る枡席も大好き。今場所はその方から、

「〝砂かぶり〟と〝枡席〟どっちがいい?」

と聞かれ、久しぶりに枡席に行くことにした。私の友人二人とその方との四人、ふつう枡席は四人で座るのであるが、私の体型を考慮してか、二人ずつ二枡に座る贅沢さ。枡席というのは、注文すると、ビールもワインも焼酎もすぐに持ってきてくれる。枝豆や焼きトリを頬張りながら、ビールを飲むのは最高。取組を見ながら、取組表片手に今度はワイン。

よく知られていることであるが、国技館の焼きトリは、地下でつくられている。冷凍したのを、ちゃっと温めて、なんていうのとはまるで違う。つくねもネギマもやわらかくてものすごくおいしい。いくらでも入る。

そしてあっという間に楽しい時間は終わり、待っていた車で、近くの相撲部屋へ。ここでちゃんこをいただくことになっていたのだ。

ちゃんこをいただくのは、これで三回めだ。部屋によって特色がある。共通しているのは、どこも具だくさんのお鍋があるということ。出汁をとった中に、トリのつくねが入っているところもあるし、お魚の切り身がいっぱい入っているところもある。その他に天ぷらや煮ものなど、何品かつく。

といっても、有名なお相撲さんとテーブルを囲むというのは、かなり緊張するものだ。そのお相撲さんは、

「暑いので脱いでいいですか」

と断って、上半身裸になった。あまりにも大きく、筋肉が盛り上がっているので、すんごいオブジェを見ているみたい。見事な肉体はあまりドキドキしないものだ。

「マリコさん、こっち向いて」

と、一緒の友人が写真を撮ってくれた。そしてすぐに仲よしのグループラインに送ったらしい。

「マリコさん、小人みたい」

「ハヤシさん、痩せすぎです」

もちろんみんな冗談で言っているのであるが、大男のお相撲さんの傍にいると、確かにいつもより小さく見えるかも。みんなから、

「ちょっとダイエットしすぎじゃない」

「ここまで痩せなくても」

　私はこう答えた。

「ありがとう。一生相撲部屋で暮らします」

　そしてお土産の紙袋を四個ももらって帰ってきた。お相撲見物の最後の楽しみは、このお土産にある。

　あの焼きトリの大箱に枝豆、幕の内弁当、お相撲さんの形をしたチョコレート。お相撲さんの名前入り焼酎、おせんべい、甘栗、茶わんなんかが入っているわけ。

　甘栗をちょびっと食べた。もうちゃんこを食べてきたんだけど、ちょっと小腹が空いてるかも。焼きトリも食べた。まだ足りない。

「そうだわ、幕の内、今日中に食べないと悪くなるかも」

　誰も聞いてないけどひとりごと。そして幕の内のふたをあけた。卵焼きとかカマボコが食欲をそそる。そして全部食べちゃった。

　だって私はみんなから「痩せすぎ」って言われてるし、体重は五十二キロだもの。

　が、さすがにお弁当を四個食べられるわけもなく、焼きトリと一緒に冷蔵庫に入れ、ラインで近くに住むシタラちゃんに連絡した。彼女は食事に行っていたが、帰りにうちに寄ってくれた。相撲土産をもらうの初めてだって。すごく喜んで、全部床に並べた写真を送ってくれた。

文武両道ラガーマン！

この原稿を書いている最中、ラグビーのワールドカップまっ盛り。街中がガタイのいい人で溢(あふ)れている。海外からやってきた選手と関係者たちだ。

が、私は昔から体育会系にまるで興味がなかった。世の中には、

「むきむきの筋肉マンが好き」

という女性がいるが、私には理解出来ない。スポーツマンは汗くさいし、トロそうだし、それよりも頭がシャキッとした理系の方がいいワ、と思っていた。

そんな私の考えが、百八十度変わったのが先週のこと。私の大好きなある方が、

「ハヤシさん、一回ご飯食べようよ」

と誘ってくれたのである。

このA氏のことを前にも書いたと思うけれど、日本を代表するビジネスマン。まだ若いのに大手の企業の社長をつとめている。俳優さんのような風貌に、がっしりとした体格。

それは昨年のことだった。銀座のレストランで行われた友だちの誕生日パーティーでの

最高のラガーマン

こと。そこにはセレブがいっぱい。ジャズの演奏があり、その後シンガーの方が、甘いラブソングを歌い始めた。

おしゃれな大人が多かったので、踊り出すカップルが多い。その時A氏が、「踊ろう」と私の手をとってくれたのだ。

フロアに出る。海外生活の長いA氏の踊りはなめらか……ステキ……うっとり。夏の夜のひととき……。

A氏とのことはそれっきりだと思っていたのであるが、またパーティーで会ったらお食事の誘いを受けたのだ。

その時、まわりにいる男の人たちが「僕も誘って」と言い、なんだかモテ期がやってきたと思ったのもつかの間、A氏から、

「十人以上になるからよろしく」

だって。もっとしっとりと会いたかったんだけど。

私は仲よしのスター編集者、ナカセさんを誘った。メンバーを教えると、

「えー、日本を代表するイケメン経営者ばっかりじゃないですか」

と驚いていた。私よりもずっと詳しいのだ。

ナカセさんは頭がよくて話が面白い。かわいい。どこへ行っても人気の的だ。そしてここが大切なところであるが、決まった彼氏がいるのでがっついていない。私と奪い合うこともない。

そして当日の場所は、青山のマンションの一室と決まった。ここは一日一組だけのレストランで、ワインの持ち込みも出来るんだって。

そのマンションの一室に、元ラガーマンがいっぱい集ったと思っていただきたい。中には俳優さんになったほどのイケメンもいる。

みんな慶応、早稲田、明治、医大でラグビーをやっていた方々。会社のトップに弁護士さん、お医者さんたち。

そう、私は今まで知らなかった。頭がよくてスポーツをする男たちを。だって出会いの場がなかったんだもん。

もともとラグビーというのは、貴族のスポーツである。イギリスで貴族の子弟たちが、体を鍛えるためにやったもの。

階級社会のイギリスでは、ラグビーはセレブのためのスポーツとみなされている。日本でもそういうところがあるなんて、私はA氏に会うまで知らなかった。

私の隣には、順天堂大学の小林弘幸先生も。そう、先生も元ラガーマンだったんだ。

「先生、私、便秘がひどくて」

お会いするとついそんなことを口にしてしまうが、親切にいろいろ教えてくださる。

そして食事会の楽しかったことといったら。みんな体育会系だから、話はちょっとエッチな方にいくけど、まぁ、それも仕方ないかも。私もナカセさんも、そういうのをうまくかわすことに自信がある。シラけないように、そうかといって、これ以上きわどい方にいかないようにする技は、とてもコムスメには出来ないわよね！

しかしなんて素敵な光景。男盛りのスポーツマンたちが、ネクタイをゆるめてお酒飲みかわしているのって、男の色気がむんむん。みんな胸板が厚くて、肩幅が広い。だからスーツが似合う。キャー！

後にナカセさんも、

「久しぶりにフェロモンをたっぷり浴びました」

とラインに書いてきた。私も何年かぶりに胸がドキドキ。いい思いさせてもらいました。この方たちは、みんなワールドカップを見に行くそうだ。もちろん私も、アイルランド・日本戦を見に行きますよ。ラグビーってこんないいもんだって、まず元ラガーマンたちから知った私。

この時の写真を女友だちに送ったところ、

「キャッ！　この人は○○さん」

「右にいるのは△△さん」

とすぐにわかったのもすごい。そういえばユーミンが「ノーサイド」を歌った頃、ラグビー見物は、いい女の条件であったっけ。

おしゃれの生命線

友だちのホームパーティーによばれた。

足場の悪いところでバーベキューをするので、必ずパンツで来てね、ということであった。

こういうドレスコードはすごく困る。少しずつ体重が減っているとはいえ、パンツ類は全滅である。

それにこのコードのことを知ったのは、パーティーの前日だ。

「もう行くのをよそうかな」

いや、いっそのことジャージにしようか。しかしおしゃれな人たちが来るはず。一人ジャージというのはひかれるだろう。

私が悩んでいたら、大学生の娘が、

「ユニクロで何か買ってきてあげる」

というので五千円渡した。

やがて娘からラインが。

「ZARAですごく可愛いパンツがあったよ。八千円もするけどいい?」

「構わないよ」

「Lでいい?」

「もちろん」

というやりとりがあり、夜、娘がZARAの袋を持って帰ってきた。さっそくはいてみる。海外のLなら、らくらく入ると思っていた。

ところがサイドのファスナーがまるで上がらない。ぱっくり開いたまま。上を何かでごまかそうかと思ったがそんなレベルではない。

「もう本当に行くのよそうかなー」

昔から私はこうだった。前日にドロナワ式に用意するため、着ていくものが間に合わなかったりするのだ。

しかしクローゼットの中で、黒いパンツを発見。これは春に通販で買ったものであった。パンツのサイズがとても豊富なところで、かねてより愛用している。ストレートタイプで、ウエストが半分ゴムになっている。ちゃんとはける。あーら、いいじゃない。

これに白いTシャツ、ジル サンダーの茶色のジャケットを合わせた。靴は白革のスニーカー。

我ながら悪くない、と思ったのであるが、全身を映してみる。するとパンツの形がまるでよくないということがわかった。裾へいくラインが、微妙にダサいのである。

おしゃれな人は、絶対にこんなパンツをはかない。デニムやパンツは定番のようで、シーズンによって形が変わっていく。だから友だちは、試着室でうーんと選んでる。パンツはスカートよりも、おしゃれの生命線ではなかろうか。

私は知識はある。見抜く力も持っている。ただ実践する体型がないだけ……。

この夏は無印良品で買った、茶色の麻のワンピースばっかり着ていた。ノースリーブでさらっと着られて便利このうえなし。

ノースリーブのいいところは、たえず自分の二の腕が気になり、ヒマさえあれば何かやろうとするところであろう。テレビ見ながらダンベルや体操をやる。

しかしひと夏かけても、ひとさまに見せられる二の腕にはなれなかった。だからすぐに着替える。スーパーに行く時もさっと別のものを着る。

そして私は気づいた。街にサマーウェア風のノースリーブを着ている女性がとても多いことに。

そう、よそゆきのノースリーブのワンピではなく、家の中で着るようなゆったりとした形のやつ、といったらわかってもらえるだろうか。青山や六本木の昼さがりに出現するノースリーブ女たち。たいていは素顔にサングラスをかけている、若くはない人たち。

こういうところに住んでいるぐらいだから、お金持ちに違いない。ゴルフ焼けと思われる肌の色をしている。ジムで鍛えているらしい二の腕は、適度に筋肉がついている。仔犬を抱いていたりする時もある。とにかくお金持ちっぽい。

しかしこういうノースリーブ女の、非常識率というのはとても高く、びっくりするぐらいだ。

ケーキ屋さんに入ったら、ノースリーブ女の後ろ姿が見えた。買物が長ーいうえに、自分の大きな麻のトートバッグを、どさっとショーケースの前に置いている。おかげでその中のケーキが何も見えないではないか。

タクシーを横取りされたことは数知れない。ヒルズのコーヒーハウスで、スマホに向かってずっと喋っている人もいる。

ああいう女の人たちを見るにつけ、デブでノースリーブを着られなくても、やさしく気遣いが出来る女性の方がずっといいと思う私である。

そう、そう、パンツの話に戻るが、うちのクローゼットの中には、パンツの死骸がいっぱい転がっている。

ちゃんとしたブランド品であるが、急に太ったのではけなくなったもの多数。ひろげてみると、中途半端なワイドパンツ。今の流行のワイドとはまるで違う形である。

こう考えてみると、パンツをはきこなす女性って、なんとすぐれた人たちであろうか。センスもスタイルも、流行感覚もすべて兼ね備えてなくてはならない。私はもうとうに諦めて、パンツは通販かファストファッションと決めて、緊急の時のみ着用としているのである。ＺＡＲＡのパンツ、どうしようか？

涙とオンナ度

大人になると泣くことが少なくなる。

若い時はすぐメソメソワーワー泣く。グループの誰かが泣き始めると、泣かなきゃ損とばかりに他のコも泣き出す。あれは「集団ヒステリー」の一種かもしれない。

が、私は思う。すぐ泣ける、という行為とオンナ度というのは比例するのだ。それもしくしく、という泣き方ではない。号泣する。号泣というのはそれだけですごいエネルギーがいる。そういうことが出来る女性というのは、パッションがうんと熱いに違いない。

私のまわりには、結婚二回めという男性がほとんどだ。初婚の人なんて見たことがない。みんな今の奥さんとすったもんだしている。サラリーマンも例外ではない。

Aさんというのは、自分で会社を経営しているリッチな男性。カッコいいか、と問われるとしばらく黙るが、じゃ、カッコ悪いのね、と言われたら否定する。そんな微妙なレベルだ。

この人には奥さんがいる。最近こそメディアに出てこないが、ひと頃はカッコいいキャ

リアウーマンとして、テレビのコメンテーターや、女性誌のグラビアによく出ていた。

が、この人は「略奪婚の女」として有名であったのだ。もともとAさんには妻子がいて、彼女とは不倫ということになる。会うのは彼女の部屋だ。

夜遅くなって帰ろうとすると、彼女は全身全霊で泣いたそうだ。どうか今夜帰らないで。私のところにいて、お願い……。

あんまり泣くので、ついA氏は泊まってしまう。一回泊まると、言いわけするのもめんどうくさい。ついずるずると彼女のところにいるようになり、そして別居、離婚ということになったと、世間の人は言う。

テレビで見ていると、すごく知的でクールな印象。この人が身も世もなく泣く様子は、すごい迫力で、男の人の心をうったんだろう。

また別の友人B子さんは、恋多き女性として知られていた。結婚は三回だが、男の人と暮らしたことはもっとあっただろう。

一時期は東京のサウス・ブロンクス、と呼ばれるところに住んでいた。その頃一緒に住んでいた男性の勤め先が近かったのだ。

「彼が便利だからって、何もこんなところに住まなくてもいいんじゃないの」

簡易宿の前で、昼間からおじさんたちが酒盛りしているところだ。

しかも一緒に住んでいた男性には妻子がいた。

「でもね、近いうちに必ず別れる。オレを信じてくれって土下座したのよ」

このセリフは何度も聞いた。いつも男の人の言葉を信じてしまうのだ。そしてそういう女性を男の人はほっとかない。だから別れてもすぐに次の人がやってくるのだ。

そんなある日、彼女から電話がかかってきた。しゃくりあげている。

「ネ……ネコが死んだの」

そういえば、二十年ぐらい生きてる老猫がいたなぁと思い出した。

「どんな男よりも長かったのよ……。私とずっと生きてきたのよ……。ひー、わーん」

私も猫好きなので一生懸命慰めた。そして次の日、お花屋さんからお悔やみのお花を届けてもらったのだ。

そうしたら別の女友だちから電話が。こちらは、ずっと笑っている。

「私のとこにもかかってきたのよ。ワーワー泣いてるの。そりゃー、ヒトも死ぬんだから、ネコだって死ぬわなーって言ったら怒ってんの。あぁ、おかしい。何をお子ちゃまみたいなこと言ってんのか」

どっちが男の人の心をとらえるか、すぐにわかるだろう。飼い猫の死に泣きじゃくる女は、ぐっとくるシチュエーションだったはず。彼女にはすぐに若い彼氏が出来た。

ところでこのあいだ、眼科医がテレビで言っていた。たまに泣くというのは、目のためにとてもいいことだそうだ。いわばデトックスのようなもの。目の中のいろんなものが洗い流されるわけだもんね。

そしてつい最近、私はわんわん泣いてしまった。それはテレビで「僕のワンダフル・ライフ」という映画をやっていたから。

犬が何度も生まれかわって、元の主人に出会うという話だ。

テレビを見ながら声をあげて泣いた。そう、うちのワンコは二ヶ月前に亡くなったのだ。

本当に可愛い顔をしたトイプードルであった。散歩をさせていると、

「こんな綺麗な可愛いコは、いったいどこで手に入れたんですか」

と聞かれたものだ。が、この美貌は無理な交配の結果であった。うちのワンコは我が家に来た時から体が弱く、病気ばかりしていた。六年めで遺伝性の眼病で目が見えなくなっている。それから四年生きた。

大事に大事に、なめるようにして可愛がった。亡くなる直前は動くこともなく、ソファでじーっと眠っていた。

「今でもそこにいるような気がするね」

と家族で言い合い、また涙。

ワンコやネコがくれる涙は清らかな涙。人間だと悔いが残り、自分が情けなくなったりする。だけどペットは違う。精いっぱいやったから心おきなく泣けるの。

マリコのプライベートブログ

はい
流行ものに
とことん
弱いです

「最近ブログをやっていないの」

と多くの人から聞かれる。自分で言うのもナンであるが、すごーく人気があった。

しかし二年前、仕事がとても忙しくなったのを機に中断したところ、とても快適。

知らない人にヘンなことを書き込まれたり、写真を勝手に使われたりして、とてもイヤなめにあっていたのである。

ブロガーとして人気を博している人というのは、みんなああいうことに耐えているのだろう。しかし私は出来なかった。何よりもブログをやっているうちに、なんだか自分がせわしなく、今まで以上に貪欲になっていくのを感じたからである。

有名なレストランに行くと、禁止されているかどうかわからないけど、ドキドキしながら料理を撮る。

芸能人や有名人と会って、はいパチリとした後、

「これ、ブログに使ってもいい」

とお願いする。数年前は今よりもずっとＳＮＳに対してゆるやかであったが、それでも何人かは

「事務所をとおしてください」

とおっしゃり、そんなことを頼んだ自分に自己嫌悪。

しかしこの頃は、

「皆さん、ＳＮＳいっさいやめてください」

とパーティーの前に言われたりしても、

「私はいっさい、ＳＮＳ何もしていないから大丈夫」

とにっこり。

何もやっていないとわかると、有名人たちも気軽に写真を撮らせてくださるようになった。

そして何をするかというと、「プライベートマリコブログ」、またの名を「自慢の日々」。

そう、仲のいい二十人ぐらいにメールで送りつける私の写真と文章である。

パーッと次々と送りつけると、返信が十ぐらい並ぶ。それを稲刈するみたいに開いていく、あの時の楽しさ。

「わー、うらやましい！」

「いいな、いいな」

という文字を読む喜び。

このあいだは元ラガーマンのカッコいい男性たちに囲まれている写真で、

「こんなのアリ！」

「ウソー、○○さんに△△さん！　ずるーい」

と悲鳴のような文章が。

私の友人たちはいい男を見せびらかすと、反応がすごいようである。

今から四ヶ月前、小泉シンジローさんからご自分のモーニングセミナーで講演して、と頼まれた。この時も控え室で写真をバシバシ。

「シンジローさんと一緒だよ」

あの頃はまだご結婚発表前だったので、シンジロー人気はすさまじく、私のスマホは、

「いいな、いいな」

の文字で埋めつくされたのである。

この後、ある人気スターの方と対談でお会いすることになった。

「これはSNSとかにはいっさい出しませんから」

という私の言葉により、スマホ撮影もOK。ツーショットをまたみなに送りまくり、うらやましがらせた。

あぁ、人に嫉（ねた）まれるというのは、なんて気持ちいいんでしょ。私の行動はさらにエスカレートしていく。

超プラチナのラグビーワールドカップも、二回も行っちゃった。元ラガーマンの友人が

手に入れてくれたのである。

イングランド・アルゼンチン戦。そして、日本・スコットランド戦のチケットも！

始まってからスマホを動かしているとひんしゅくを買いそうだったので、三十分前にグラウンドの写真をいっぱい撮る。それをコピーしてみんなにメール。

「いよいよワールドカップ始まります」

ところでこの頃、食べもの屋さんで、

「SNSお断り」

というところがとても増えた。勝手にいろいろ書かれるのがすごくイヤみたいだ。あるレストランは徹底していた。SNSはおろか、この店のことを他言してもいけないというのだ。こんな風にエッセイに書いたりするのも厳禁。そう言われると、人に喋りたくなるのが人情である。私はその店のことを、かなりみんなに言いふらしたものね。

この自慢話ばかりのブログであるが、私の姿はこの頃ほとんど映していない。ツーショットも遠景。だって激太りしてそれから減らないいんだもん。

ちょっと前は、

「今日のコーディネイト素敵」

「すごく可愛いワンピ」

とお誉めの言葉もあったのに……。

落札されました！

秋も深くなり、トーキョーは社交シーズンになる。

いろいろな展示会やパーティーもいっぱい。私はふだんめったにそういうところに出かけないが、

「着席式で、パリから○○○が来て特別につくってくれるのよ。ぜひ来て」

という言葉にはとても弱い。

しかし困るのが着ていくものである。

このところワンピや、ちょっとしたドレスの類がまるで入らなくなっている。そういう時、

「いつか痩せるだろう」

という幻想をもう抱かないことにした。タグがついたままのものでも、ばんばん人にあげることにしたのである。

ついこのあいだとても素敵なブラックドレスを着ていた編集者がいて、

「素敵ね、よく似合うわ」

と誉めたところ、

「ヤダ、ハヤシさんがくれたんじゃないですか」

だと。そう、着ない（着られない）まま、クローゼットで二年寝かせ、ついに担当の女性編集者にもらってもらったものだった。

私はイブニングも何着か持っているが、そのほとんどは着られない。その昔は、何かあるとぱっとシャネルショップに飛び込み、一着購入する財力と体型を持っていた。シャネルのイブニングも、今のような三ケタではなく、まぁ背伸びすれば買えるぐらいの値段であったと記憶している。

今、そうしたドレスは、私の仕事場の方のクローゼットに静かに眠っている。いつかネットオークションに出そうと考えているが、もう少したてばビンテージになるかも。

このあいだはおハイソな方々が集まる、ブラックタイのチャリティパーティーに出かけた。実は私たちのやっている3・11塾チャリティパーティーも、この催しを真似ているのだ。規模はまるで違うが、サイレントオークションや、ライブオークションをやり、そこで収益を得ようというところも同じ。

この収益は、東日本大震災で親ごさんを亡くした子どもたちの支援に使われる。コツコツと八年間やってきた。毎年二回の交流会の他に、塾合宿、歯列矯正の費用にも使われる。一人一人の子どもの特徴を知って、将来の夢についても相談にのり、出来る限りの援助をしてきた。そのためにもお金が要る。だから一生懸命、コンサートやチャリティパーティーをするわけだ。

さて、当日、グランドハイアットの会場は、五百人の人々で埋まった。イブニングドレスの美女もいっぱい。みなさんすごくパーティー慣れしている。

大富豪の友人はママを連れてきた。世界を股にかけ社交するママは、私と同い齢とは信じられない美しさ。黒いラメとレースのイブニングがとてもきまっている。写真を撮ったら、顔の大きさが私の2分の1であった。

この夜の私が何を着ていたかというと着物である。先日のチャリティパーティーは、黒いイブニングだったが、主催者側になるこのパーティーは着物、とずっと決めている。

「今年はどんな着物を着てくるの」

と楽しみにしてくれる人もいる。

そんなわけで毎年、秋っぽい華やかな着物にしているのであるが、そろそろ尽きてきた。今年はオーキッドの着物を二十年ぶりに着ることにする。

「派手じゃないかしら」

と秘書のハタケヤマに聞いたところ、

「パーティーだからいいんじゃないですかぁ」

と気のない返事。

この着物は、友禅作家の方が、伝統工芸展に出したものを特別に譲り受けたのだ。コンクール用につくってあるので、おはしょりや袖の裏など、見えない部分までびっしりと紺やピンクの蘭の花が描かれている。数百という数だ。

素敵は素敵なんだが、ピンクの地なのでまぁ太って見えることといったら。トイレで鏡を見ると、桃色のカタマリがある、という感じ。

この桃色のカタマリは、今夜売られることになっている。そう、私はオークションに出品されるのだ。

ワインや絵の出品の後には、

「中瀬ゆかり、岩井志麻子と楽しく食事をする権利」

が高値で落札された。もちろん本人には一銭も入らない。

そして最後に私がステージに立った。

「中園ミホ、林真理子がドラマと小説について語るトークショー」

私は中園ミホさんの人気を利用した。

「みなさん、中園さんは今、お隣のテレビ朝日で打ち合わせのため、急きょ欠席になりました。あのドクターXをつくるためですよー」

ものすごい競り合いがあって、なんと百六十万という値段がついた。私たちってすごいかも。思わずガッツポーズをした私である。桃色のカタマリだって、欲してくれる方がいるんだ。

発酵ガールしてます

このトシになってくると、ダイエットの歴史をすべて言うことが出来る。

そりゃ、そうだ。『ミコのカロリーBOOK』から始まってるんだもの。大昔、ぽっちゃりしていた弘田三枝子さんという人気歌手が、すっきりとした美人になった。その時に、

「食べるものをすべてカロリー計算して痩せた」

ということで、世の中の女性にカロリーという概念が浸透したのだ。

そして私がせっせと直営レストランに通い、五十キロ前半まで体重を落とした、鈴木その子式ダイエット。これは油を徹底的に抜くもの。

さらに塩と水と葉っぱを大量に摂る、

「世にも美しいダイエット」

というのがあったなぁ。

まぁ、こんな話はさんざん書いてきたが、私は今、ダイエットの潮目が大きく変わろう

としているのを実感している。

そう、ダイエットの新しいページが開かれたのだ!!

この十年、ほぼ独占状態だったのは、言わずとしれた「糖質制限ダイエット」。炭水化物や砂糖を口にしないというダイエットは、最初はものすごく効く。

私が別人のように痩せた時期を憶えているだろうか。あれは肥満専門の医師のところへ行き、指導を受け、糖質制限をきっちり守った結果である。

ご飯やパスタ、スイーツを抜くとみるみるうちに痩せてくる。あっという間にスカートがゆるゆる。

「まっ、痩せるっていうのはなんてカンタンなの」

と傲慢な気持ちを持つのもつかの間、リバウンドもあっという間。体がそういう風に敏感になっていて、お鮨を食べたヒにゃ、次の日は一・五キロぐらい増えている。それでイヤになる人はすごく多い。私もその一人。

そしてこの糖質制限ダイエットに代わり、王座に就こうとしているのが、そお、腸活ダイエット。

新しく王座に就いた者が、前の王さまのワルグチを言うのは世のならい。糖質制限ダイエットの弊害が急にとり上げられるようになった。

なんでも糖質を抜くことによって、食物繊維が少なくなる。これが腸内の環境を悪くするそうだ。要するにお通じがすごく悪くなるということ。

そういえば糖質制限ダイエットをしていた頃、三日、五日の便秘はざらだった。ひどい時は一週間ということもあり、時々薬を飲んだ。そうしたら人間ドックの際、内視鏡の写真を見せられた。

「便秘薬飲んでるから、大腸が黒ずんでますよ」

あれにはぞっとしてしまった。

最近親しくさせていただいている、順天堂大学の小林弘幸先生も、

「ハヤシさん、体のすべてを司ってるのは大腸です。大腸は第二の脳じゃありません。脳が第二の大腸なんです」

そんなわけで、このところ私の朝ご飯は、腸活五段構え。まず糖質オフ（ここはこだわる）のシリアルに、アメリカからとり寄せてもらうゴマみたいな植物シード、つまり種。これにヨーグルトをかけて食べる。

その後はお味噌汁に、玄米を三日間発酵させたものをよく噛んで、最後は小林先生お勧めのファイバーをコーヒーにふた袋。

ヨーグルト、シード、味噌汁、玄米、ファイバーと、腸にいいものを五つ口に入れている。これで出るもん出なきゃウソでしょ。

「自分の出したものを、よおく見てくださいね」

と小林先生はおっしゃる。

そお、私たちはいつも口に入れるもののことばかり考えて、出すことに無頓着になって

いたのではなかろうか。

今、世をあげてのウンコブーム。「うんこドリル」はベストセラーになったし、世の中には「うんこミュージアム」もある。

そして一流アスリートのウンコを集めて、それを腸活に生かそうとする会社も話題になっているからびっくりだ。

つまりデブの腸の中にはデブ玉菌しかいないし、痩せた人の腸には、痩せ玉菌がいる。

「いちばんいいのは、痩せている人の菌をもらうことですよ」

と小林先生は言ったが、それはやはり抵抗があるなぁ。

そこで私は、食生活を変えた。今までは外食でもパンを食べずに、サラダとお肉にしていたけれど、お肉って善玉菌を減らすんだそうだ。だから便秘になる。

それよりもおママゴトみたいに、玄米とか納豆とか、お味噌汁とか、キムチとか、発酵しているものをちまちま並べて食べる方がラクチンかも。

ちなみに玄米は、通販で見つけたもの。今度うちでぬか漬けに挑戦しようと決めている。

あーら、気づくと流行りの発酵ガールではないかしらん。

体重の方は……まださほど変化なし。お腹は快調ですっきりしてます。出すもの出す喜びは、完璧に手に入れた。

秋は来ましたか？おしゃれな人に

今年（二〇一九年）はとても天災が多い。台風で多くの被害が出た。いつまでも雨が続いた。

かと思うと、十一月になったら急に暑い日が始まった。涼しくない、というレベルではない。東京は二十五度とか二十六度という気温で、ニットを着ているると汗ばんでしまう。

こんな時、本当に着るものに困ってしまう。が、これは誰もが頷いてくれることだと思うのであるが、おしゃれな人には秋が早くやってくる。

こちらがまだ、夏をひきずっただらしない格好をしているというのに、意識が高い人たちはきちんと秋の装いをしているのである。

ちょっと早くても、ニットやウールをまとい、カーキやベージュといった秋色を着ている。チェックもいち早くとり入れ、バッグや靴も、白やサンダルはやめて、シックなヒールになったりする。

私はあれを見るたび、

「秋はファッショナブルな人たちのもの」

とつくづく思うのである。

アンアンの私の担当者、シタラちゃんがやってきた。このところ忙しくて、午前サマになったりすることが多いそうだ。それにもかかわらず、黒のTシャツに、ベージュのロングカーディガンを合わせている。靴は黒のスエード。一分の隙もない秋のコーディネイトである。

徹夜続きでどうしてこんなことが出来るのだろうか。

おしゃれな人に聞いたことがある。気にそまぬヘンな格好をしているのは、死ぬほどつらいそうだ。

私は死ぬほどつらくはならないけれども、年に何度も「しまった！」と思い、そのことをいじいじ考えてしまう方である。

その中でもいちばん大きいのは、ドレスコードを間違えること。数々の失敗の結果、

「フォーマルすぎて目立つ方が、軽すぎて目立つよりも百倍マシ」

という結論に達したのである。

困るのが、最近多い「しのぶ会」というやつ。お葬式だと喪服を着ていけばいいのであるが、こういう時の案内状には、必ず、

「平服で来てください」

と書いてある。この平服というのがクセモノ。それならばデニムでいいのか、という問題になるのであるが、これはふだん着という意味ではなく、

「喪服じゃなくてもいいけど、それなりの格好で」

ということにとらえることにした。

よって、黒のジャケットにスカートは基本。中のブラウスをちょっと遊んだりする。

このあいだは「しのぶ会」にアロハで来ている人がいて、

「本当にすみません」

とまわりに謝っていたのであるが、作家ならこのくらいの〝変わってる〟は許されるのではなかろうか。

そもそも作家というのは、フォーマルをとても嫌う人種。男の人の場合は、スーツを着ていても、タイはしていなかったりする。

女性の場合はもっとフランクだ。いろんな文学賞の授賞式があるが、きちんとスーツやジャケットを着ている人は、あまりいないかもしれない。

かなりくだけたニットやパンツ姿の女性作家をよく見る。着るものにこだわらないということよりも、こうした権威のにおいが漂う場所で、うんとおしゃれをするのがイヤなんじゃないかと推測する。

さて、今年の秋はとても忙しかった。

令和の即位の礼にあたって、いろいろな儀式に招かれていたのである。

だから正装についてあれこれ考えた。生まれてこのかた、これだけ続けてフォーマルを着たことはない。洋服だといろいろ言われる。その点、着物というのはとてもラクチンだ。

とにかく第一礼装は色留袖、その次は訪問着と思えばいいんだもの。とりあえずそれを着ていけばいい。

色留袖というのは、黒留袖の黒が、他の色に変わったものと思えばいい。宮中では女性のまとう黒はタブーとされていて、着ないことになっている。

「即位の礼にお招きいただきました」

と皆にラインで自慢したところ、呉服屋さんから連絡があった。

隣に住む女社長のオクタニさんが、私に無断で、勝手に呉服屋さんに電話していたのである。

「オクタニさん……」

私は怒りと困惑にみちて言った。

「私はもう、色留袖を持っているんだから。それを着ていくつもりよ」

「あんな派手なのはダメ、ダメ。もっと品のいい、おとなしいものを着ていきなさい」

「私ね、今、本当にお金ないの」

「あとで払えばいいの。それにお金なんて、働きゃ、入ってくるのよ」

今日び、超ポジティブな人でなければ、着物なんてつくらない。泣く泣く私は新しい色留袖をつくり、帯も買った。そんなわけで洋服は昨年のまんま、秋がなかなか来ません。

魅惑の
トーキョー
ナイト

冬はセンチメンタル

時々思いもかけないほど、楽しいことって起こる。

それはおとといのこと。

スキー連盟の関係者の方から、イベントのお誘いをいただいた。

「スキーシーズンの開幕を告げる記者会見をやります。その時にちょっとしたコンサートもあるので、ぜひ来てください。席も用意しておきますから」

コンサートといっても、一時間足らずのもの。歌手名はおろか、バンド名も書いていない。

「きっとおジミな、聞いたこともない人が、一曲か二曲、スキーソングかなんか歌うんじゃないのォー」

あまり期待しないで、恵比寿ガーデンプレイスに向かった。ジョエル・ロブションのシャトーの前に、特設ステージが用意されている。といっても、そう大きなものではない。誰でも見ることが出来るが、ロープで囲んである関係者席に座った。

そしてイベントが始まる。スポンサーの挨拶の後、スキーのスター選手たちが続々と登

場。みんなワールドカップや冬季オリンピックのメダリストだ。びっくりするぐらい若い。そして美形！　すぐにテレビに出ても、タレントさんで通りそうだ。

司会者は言う。

「みなさん、今年の冬は、友だちを一人雪山に誘うことを心がけましょう」

そういえば、スキーに行かなくなってもう何十年になるだろうか。スキー板も泊まるところも大きく改善されたようだし、久しぶりに行ってみるのもいいかも……、なんて考えているうちに、バンドの人たちが席についた。

やがて遠くの方から誰かが歩いてくる。わーっと起こる歓声。だって黒いパンツスーツを着たユーミンだったから。

そういえば演出が松任谷正隆さんと聞いていたが、まさかユーミンが来るとは思わなかった。このサプライズに、見物人たちは大喜び。

ユーミンは「恋人がサンタクロース」から始まって、ウインターソングを数曲歌った。その間、ジョエル・ロブションのシャトーの壁に、雪が降ったり、吹雪が起きたりする。雪の結晶も。最新のプロジェクションマッピングを駆使しているのだ。

私の胸にセンチメンタルな思い出がわき上がる。好きな人と行ったスキー。二人で乗ったゴンドラ……。

ユーミンの歌って、どうしていつも人をせつなくさせるんだろう。青春はもう帰らない。あんなふうに人を好きになることなんて、もう二度とないんだわ……。

しかし私は背中に感触がある。隣の席に座ったA氏が、時々私の背に手をまわしているから。そう、本当のことを言えば、グループラインで、A氏が、

「オレもそのイベント行くよ」

と言ったから私も来たの。

このあいだものすごくカッコいい、元ラガーマンのA氏のことを書いた。が、彼は元ラガーマンであると同時に、現役のスキーヤーなんだと。運動神経バツグンなんだ。

大柄でハンサムなA氏。これ以上詳しいことは書けないが、彼と一緒の写真を友だちに見せたら、

「フェロモンがむんむん伝わってくる」

と羨ましがったものだ。

今日もコーデュロイのジャケットの下、はちきれそうな胸板がわかる。ユーミンとも仲よしだから、今日のことをすごく喜んでた。

「何も知らないで来たけど、オレたち、すっごくラッキーだよねー」

本当にそうだわ。コンサートが終わり、まわりの人も誘って一杯飲みに行くことにした。一時間半近く外にいたから、体が冷え込んでいる。

「こういう時はやっぱり、熱燗だよなー」

ということで、和食屋さんの個室に入った。

その前にA氏は、若い人にも声をかける。

「おい、トイレ行こうぜ。みんなでウンコしようぜ」

ふつうの人が言うと下品なんだけど、お金持ちのお坊ちゃま育ちのA氏が言うと、なんかおかしい。

五人でがんがんお酒を飲んだ。話題は恋愛に。最近飲み会でこの話が出ることは、皆無といってもいいから、とても楽しいなぁ。

A氏は大昔、つき合っていた彼女に刺された話をしてくれた。自慢している、という感じではない。単に事実を喋りたいだけ。刺した後、彼女はわーわー泣いたらしいが、A氏は、

「救急車は呼ぶな。マキロンよこせ」

と言ったんだって。

「傷はまだ残ってるよ。ほら」

とお尻をこちらに向け、シャツをたくし上げた。おかげで私は、彼の紺色のトランクスの上を見ることになった。確かに傷は残ってる。お酒を飲みながら、いい男の武勇伝を聞く。こんな楽しいことがあろうか。

若かったら、きっと好きになっていただろうなぁ。相手にしてもらえなくても、追っかけていたに違いない。そんなことを考えさせてくれる、日本一のフェロモン男。おかげで次の日、私は肌がつやつや。本当に、怖くなるぐらいに。

ドレスに見る夢

頑張って結構いろんな夢をかなえてきたかも。

おお、私の「マイ・ウェイ」。

そう、大きな夢のひとつに、

「イブニングドレスを着る」

というのがあった。

昔見た映画「風と共に去りぬ」の、スカーレットの着ていた白いドレス、「麗しのサブリナ」で、オードリー・ヘップバーンが着ていたベアトップのドレス……。

今に大人になって、ああいうものを着る女の人になるんだと心に誓って生きてきた私。

こういった思いをずっと抱いてきた女は多いに違いない。だから披露宴のお色直しに、みんなパーッと華やかなイブニングドレスを着る。一生に一度（二度の人も多いが）のお姫さまになる時。ヅカファンの私の友人は、自分の披露宴の時、ドレスとメイクを宝塚風にしてもらったそうである。

写真で送った
ヴァレンティノのドレス
BY
「25ans」
です

が、私の夢はお色直しだけでは満足しない。とにかくイブニングドレスが大好きなのだ。昔は体型も今よりずっとマシだったうえに、自分一人で使えるお金もあった。だからいろいろつくりました。買いました。

森英恵先生につくっていただいた、エメラルドグリーンのドレスを着て、ウィーンのオペラ座の舞踏会に出かけたこともある。これが私の人生のハイライト。

しかしさらにすごいシーンは続き、二十年前は、フランスベルサイユ宮殿での晩餐会、というのにも招かれた。この時も森先生のつくってくれた真赤なイブニングドレス。

その後、雑誌の取材でイタリアミラノは、スカラ座に出かけた。あの時は、ミラノでシャネルブティックに行き、とび込みで銀色のイブニングドレスを買った。その後も東京でのコンサートに出るために、紺色のシフォンのドレスを買ったことも。

あの頃、シャネルのドレスといえども、値段はずっと安かったと思う。私も行ってすぐに着られる体は維持していたのである。

そして月日はたち、私の収入と肥満度は反比例していった。そればかりか、高級海外ブランドの値段もぐいぐいと上がり、ドレスはもはや手の届かないものになっていった。

それでもドレスへの憧れは、ずっと持っているから困ったものだ。

いつぞやドルチェ&ガッバーナのお店に買い物に行った時、あまりにも素敵なイブニングドレスを見てうっとり。

「いつか痩せて、きっとこれを買いに来ますからね」

とお店の人に言ったのであるが、約束は未だ果たされていない。

さていよいよクリスマスシーズンに入り、表参道の各ショップのウィンドウには、イブニングドレスが並ぶようになった。

こんな素敵なものを買うのはいったい誰なのかしらと、その前に立ち止まる。スタイルがよくて、お金があって……といったら芸能人しかいないよなぁ……なんて眺めてる。

よくしたもんで、日本もバブルがはじけ、ウィーンだ、パリだ、ミラノだ、なんていう招待やお仕事は全くなくなってしまった……。

と思っていたら、ありました！　ブルガリ アウローラ アワード。今年の顔として選ばれた女性と推薦者が、イブニングを着てレッドカーペットを歩く催し。

昨年（二〇一八年）は、女優の戸田菜穂ちゃんが私を推薦してくれた。

「ハヤシさんは、今年誰かをお願いします」

ということで、作家の川上未映子さんにお願いした。

芥川賞作家の彼女は、実力はもちろんながら文壇きっての美女。センスがものすごくよくて、スタイリッシュな女性作家として知られている。彼女だったら、どんなドレスも似合うことだろう。

しかし私は着ていくものがない。困り果てて、昨年と同じようにスタイリストのマサエちゃんにお願いした。昨年彼女のアドバイスで、私はアルマーニのドレスを二枚買った。ふわっとしたタイプのドレスだったのに、体型をカバーしてくれるどちらもすぐれもの。

一枚の黒いベルベットは、昨年のブルガリ アワードのパーティーに着て、もう一枚の花柄はやたら着まくった。偶然テレビに映ったこともある。困ったことに私は昨年よりもさらに増量しているのである。新しいものを買わなくてはならないだろう。

とはいえ、ドレスは着たい。ヘアサロンで、ファッション誌を読んでいた私は、一枚の写真に釘づけになった。それはヴァレンティノの素敵なドレス。マント風なので私にも着られるかも。さっそく写メしてマサエちゃんに送ったところ、

「ハヤシさんのサイズでは無理です。ヴァレンティノはすごく細く出来ているんです」

と、あえなく却下。

「昨年と同じドレスを着るわけにはいかないので、カッコいいの探して、お願い。予算は○○万円あります」

ドレスのためなら、定期を崩してもいいわ。しかしマサエちゃんはこう言ったのである。

「マリコさん、そんなにお金を遣うことはありません。節約しましょう。安くてもいいものいっぱいあります。私がなんとかします」

（この話題、次に続く）

ドレス、一件落着！

前号に続いて、イブニングドレスの話。

今年の稼ぎの何分の一かを遣っても、私はパーッとやりたい方である。しかしスタイリストのマサエちゃんは違う。

「ハヤシさん、お金を遣うことはありません。もったいないです」

それに……とつけ加える。

「ハヤシさんのサイズを考えると、かなり限られてくると思いますよ」

そしてマサエちゃんからラインが入った。

「Y'sでいろいろ見つけました。昨年買った黒のイブニングでも、ジャケットと合わせると全く別のものになります」

Y'sか、懐かしいなぁ……。

若い頃、私のご用達ブランドであった。当時トガったファッションをしていた私にぴったりだと思っていたのであるが、売る方はどう考えていたかはわからない。

昔からY'sというのは、大きめの服の中で、体が泳ぐようにデザインされている。つま

り細身の人が着るからこそ、余った布が綺麗な形を描くのだ。しかしデブの私はピッチピチで着ていたのである。最先端の刈り上げヘアで。

今でも思い出す光景がある。あの頃、コム・デ・ギャルソンやY'sが、世界に進出して高い評価を受けていた。

たまたま行ったパリで、知り合った若い男の子と話していたら、

「ボクはY'sが大好きなんだ」

と言うではないか。

「あら、私のこの着ているの、Y'sよ」

とぐるっとまわって見せたら、複雑な顔をされたもんである。

そうそう、あの時は、ブルーの長いシャツブラウスと、パンツを着ていたんだっけ。今もY'sは、私が通っていた頃と同じ青山にある。店長さんも変わっていない。前を歩く時に店を覗くが、まだお店で働いている。白髪のソバージュがものすごくカッコいい。

そんなわけで何十年ぶりかでY'sに行った。黒のイブニングを持って。

マサエちゃんがロングのアシンメトリーのジャケットと組み合わせてくれた。が、私が見ても質感が違うような……。

結局Y'sのブラウスとスカートを買うことにした。Y'sは相変わらずたっぷりとしていて嬉しい。とはいえ、スカートのウエストはやっぱりちゃんと閉まらない。上にジャケットを着るんだから見えないわけであるが、プロはそういうことが我慢出来ないようだ。

「着る日までに、ここをひろげてください。それからジャケットのこの皺も、出ないようにして」

さっそく採寸。本当にすみませんねぇ。あの頃よりデブになっています。店長さんがいなくてよかった。

とはいうものの、久しぶりのY'sには素敵なものがいっぱい。ここで黒のカーディガンジャケットやニットを買う。お値段がリーズナブルなのにはびっくりだ。海外のハイブランドから見ると、ぐっとお安い。これからまたY'sを着ちゃおうかな、と思う私である。よかった、よかった。

ブルガリ アウローラ アワードの夜、レッドカーペットを歩くためのドレスは、これにて落着。

しかし、実はこのところずっと悩んでいるフォーマルがあるのだ。

即位の礼にともなう、皇室の行事におよばれしているのであるが、その中に夕方から夜明けまで、じっと座っている儀式がある。私は着物で行くつもりだったのが、朝の四時までその格好でいることに、次第に自信がなくなってきた。

「だったら洋装で行ったらどうですか」

と秘書のハタケヤマ。

「買ったばかりのY'sのブラウスとスカートがあるじゃないですか」

「ふん、一般ピープルは何も知らないのね」

エバる私。

「皇室は黒はタブーよ。コートだって女性は黒はいけないんだから」

「だったらハヤシさん、もう一着ドレスを買ってくださいよ」

しかし私のサイズのドレスなんて、めったにあるもんじゃない。しかも皇室行事に着ていくドレスにはいろいろルールがあって、あまりにもファッショナブルなものや、セクシーなものはタブーとされる。肌を出してはいけないんだ。

どういう形かというと、床までの長いドレスに、ジャケットの組み合わせ。華やかで落ちついた光沢のある生地でつくられているドレス。そんなものが、この五日間のうちに見つかるんだろうか……。

エステでとろとろしながらも、ずっと悩んでいた私は、突然、天啓のようにそのことがひらめいた。

「そうだ、桂由美先生のところに行けばいい！」

マザーズドレスといって、新郎新婦のお母さんが着るロングドレス。あれなら私にぴったりのものがあるはず！

その日のうちに、私は乃木坂のアトリエに行った。そして買ったゴールドのドレス。正直ダサいかと思ったのであるが、さすが桂先生。着るとゴージャスで品が良く、みなに褒められた。こちらも一件落着。ドレスを買うって、大変だけどとても幸福なことだよね。

トーキョーナイトガールズ

沢尻エリカさんが、クスリを持っていてつかまったとかで、世間はえらい騒ぎである。

もちろん法律で禁じられている薬物をやるのはいけないことであるが、ワイドショーで彼女の姿をさんざん見せられると、

「やっぱりキレイ」

と思わずにはいられない。

若い時からの映像もいっぱい流れ、まるで彼女のプロモーションビデオだ。清楚な姿になったり、ものすごく濃い化粧をしたりもするが、どれも本当に美しいのである。

そしてもう当分、彼女のこういう姿を見られないかと思うと、誰もが、

「バカだなぁ」

とつぶやくことであろう。

一度も会ったことはないけれど、噂はいろいろ聞いていた。「かなりヤバいよ」ということも。全くなぁ、せっかく大河ドラマに出られたのに。私も多少かかわったから知って

いるが、大河というのは、ふつうのドラマの何十倍ものお金と人が投入されているのだ。キャスト、スタッフの一人一人が、

「自分は大河をつくっている」

という誇りを持って作品にのぞんでいる。彼女はああいう人たちみんなを裏切ったことになる。だからもう一生ドラマには出るべきではない。もし本当にお芝居をやりたいのなら、小さな舞台から始めるのが筋ってもんでしょ。

とエラそうなことを言う私であるが、逮捕の時に目をひいたのは、スポーツ紙に出ていた彼女の「夜遊びグループ」の図。デザイナーとかＤＪ、元イケメン俳優とかに混じって、美容整形外科女医、というのがあって笑ってしまった。

そう、そう、こういう女医さん、いっぱいいるよなぁ。

パーティーや、何かのイベントによく顔を出す女医さん。全身ブランド品でまとめて、手には日本では売っていないバーキン。そしてご自分も整形をばっちりしている。ホストクラブが大好きという方も。

中には真面目に使命感に燃えて、一生懸命やっている美容整形外科の女医さんもいっぱいいらっしゃるであろう。が、私のまわりで、

「美容整形外科の女医さん」

というと、遊んでいるイメージが強い。

美容整形は他の医療と違って、完全予約制。おそらく六時か七時には帰れる。夜中に緊

急に呼び出されることもないはずだからばっちり遊べる。そしてお金にも不自由していない。しかもこちら方面の女医さんは、みんな若くて美人ときたら、夜のトーキョーの主役になるのはあたり前であろう。

芸能人のお友だちと一緒に、シャンパンを飲んでいる光景をよく目にする。

女医さんばかりではない。夜のトーキョーを牛耳っているのは、女社長さんが多いかもしれない。

おハデなパーティーに出ると、三十代女性からよく名刺をもらう。みんな起業家だ。

ネイルサロン数軒のオーナー
美容関係の人材派遣
サプリメントの開発販売
ライフコンサルタント
下着ショップオーナー
ネットショッピングで化粧品販売

エトセトラ、エトセトラ。共通しているのはみんな若くて美人で、よく遊んでいるということ。いやいや、夜の街に出没して、人脈を拡げようとしているのかもしれない。

昔を知っている私としては、女性もここまで来たかと心強い。うんと働いて、うんと遊ぶ。自分のお金で。しかもキレイ。

今はどんな女性でも名刺を持ち、自分がどんな仕事をしているかを名乗る。が、バブルの頃はそうじゃなかった。たいていが何をしているかわからない女性ばっかりであった。名刺も持っていない。だけどやたらお金のかかった服装をしている。

当時ラグジュアリー女性誌の編集者から、こんな話を聞いたことがある。

イタリア家具の特集をしようと、人を探していた。すると港区のマンションを、すべてそのブランドの家具で統一しているという女性が見つかったのだ。さっそく連絡して見せてもらうことになった。するとご本人からこう言われた。

「インターフォンの名前が違っていますが、構わずに押してください」

それってどういうことですか、と尋ねると、

「つまり男の人に囲われていた、っていうことなんですよ」

ふうーん、それでも他人に自分の贅沢さ、見せびらかしたいのかとびっくりした。

そんな時代を見てきたから、今の夜の主役たちはとても素敵だと思う。

ところで大昔、夜のトーキョーに欠かせないのは、マガジンハウスの人たちだったたって知ってた？「ポパイ編集部ご用達のバー」といったら、センス最高のお墨つきがついたようなもの。アンアンに関係しているだけで、スタイリストもライターもエバってたあの頃が懐かしい。

私がもうちょっと若かったら、美容整形外科のセンセイたちには負けなかったと思う。

エリカ様とも知り合えたかも。そうしたらクスリやめなさいって頰っぺたひっぱたくぐらいしたのにね。

誰かにそっくり…

今くるよさんに
なっちゃった。

もうしばらくヘルスメーターにのらないと決めた私。

三百グラムや五百グラムのことに、一喜一憂する人生がつくづくいやになったのである。

「もう好きなように食べて、好きなようにお酒を飲もう」

と決めた。

そしてこう言ってはナンであるが、人気者の私、いろんな人から食事のお誘いがある。

このあいだなんか「白トリュフの会」というのに誘われ、銀座の超高級ステーキ屋さんへ。そこで白トリュフのカタマリを見せられた。こんな大きなものは見たことがない。白トリュフたっぷりかけた半熟目玉焼、白トリュフたっぷりかけたサラダ、白トリュフたっぷりのパスタ、白トリュフたっぷりのリゾット……etc。帰ったら、私の体からぷんぷんトリュフのにおいがしたほどだ。

中でもびっくりしたのは、小型のトーストぐらいのトリュフが二枚出たこと。

「塩をつけてポリポリ齧(かじ)ってください」

だって。

そしてワインは最高級の白、モンラッシェ。目もくらむような贅沢さだ。私は食べきれなかったトリュフトーストを、家に持ち帰った。ところで、遅いランチといおうか、早い夕食といおうか、三時からのごはんが終ったのは五時半。うちに帰ってもお腹がいっぱいだ。

しかし土曜日なので、夫と夕食に出かけなければならない。私がデブになる原因もそこにある。そう、独身と違い、

「私も満腹なんで、お一人でどうぞ」

とは言いづらいわけ。

そして出かけたのが近くのフレンチ。若いシェフが一人でやっているカウンターだけの店だ。フレンチといっても、一皿でワインを飲むのもオッケーな気楽な店。グラスで飲むなら、二人で一万円ぐらいのお店と思っていただきたい。

私はよくここにワインを持ち込むが、その日はトリュフトーストを持ち込んだ。なぜなら一般の家庭で、トリュフを料理することはまずないだろう。

一人だけいたお客がトイレに立った隙に、シェフにトリュフを入れたプラスチックの箱を渡した。

「イヤらしいんだけど、これ何かに利用してくれない」

彼は目を丸くした。こんなものは見たことがないと言うのだ。そしてトイレから戻って

きた常連さんや、その後来た客たちにも、

「見て、見て」

と見せびらかした。私も嬉しい。結局そのトリュフは、夫のオニオングラタンに使われたのであるが、それがものすごく腹立たしかったらしい。

「たかだかキノコでえばるんじゃない」

と小さい声で怒鳴られ、それにキレた私が席を立って帰るというひと幕も。

まぁ、そんなことはどうでもいいとして、こんなことばっかやってるから太るばかり。

そして私はわかった。

自分がいかにデブになったかは、洋服を買う時によーくわかる。

ここのところ食費にものすごくお金がかかり、なかなかショップに行かなかったのであるが、担当の人からメールや電話が。

「ハヤシさんにぴったりのものが入荷いたしました」

そんなわけで久しぶりに出かけたわけ。

スカートが全滅したのは、もうお話ししたと思う。今年はモンクレールの、上がゴムのプリーツスカート二枚をかわるがわる着ていた。そう、流行の細いプリーツで、どれほど重宝したことであろう。

黒のプリーツは、もはや私の制服と化している。ゴムが可哀想なぐらい伸びきって、それを見るのは本当にせつないものだ。

さてショップに行き、すごい勢いで試着をした。私は試着がものすごく早い。お洋服を買うのは大好きであるが、試着がめんどうくさくてたまらないのだ。きつかったり、いろんなことがあるし……。

そして今回びっくり。ジャケットはきつきつになり、スカートはホックをとめるのがやっとのありさま。

「これはお似合いかと」

ベージュのニットワンピースを差し出されたのであるが、お肉のありさまがくっきり。人間というのは、こういうところに、こんな風にお肉がつくのだと図解説明しているようなもの。ウエスト、お腹がチューブのように波うっている。却下。

しかしその時、とっといてくれたものでなく、売り場で私の目にとまったものがある。それは張りのあるシルクでつくったブラウス。フレアタイプなのが気になるが試着した。びっくりした。二倍に太ってみえる。ひろがるブラウスなんて、絶対に私が着るもんじゃない。

「誰かに似ている」

そう、漫才の今くるよさんにそっくりなんだ。くるよさんは、芸人だから太っているのを売りものにするため、いつもフレアの洋服をお召しになっている……。私は別に笑いをとる必要はない。しかしこれを着ている私を見たら誰もが笑うだろう……痩せなきゃ……。

煌（きら）めくブルガリナイト

いよいよ二〇一九年、ブルガリ アウローラ アワードの日となった。

これはブルガリが、その年輝いている女性にトロフィを渡すというもの。前回は、女優の戸田菜穂ちゃんが私を推薦してくれた。今回は私が推薦者となり、川上未映子さんが受賞者になる。

前回は六本木のグランド・ハイアットで、それはそれはゴージャスな授賞式が開かれた。レッド・カーペットを歩くというのも、初めて経験した。今回はさらに派手になり、舞浜のレセプションホールで行われたのである。

前にもお話ししたとおり、私の衣装はY'sのロングジャケット、ロングスカート、ブラウスの三点セット。スタイリストのマサエちゃんが、今夜のために選んでくれたものでとても気に入っている。

会場に着いてメイクを始めた。隣はミエコさん。初めてのことなのでとても緊張しているようだ。

「大丈夫だよ。さっと歩いて喋って、あとはディナーだよ」

「いいえ、ハヤシさん。今回は違いますよ」

とマサエちゃんがリハーサル見ながら言う。

「劇場をぐるっとまわって席に着いて、それからステージに立つんですよ」

見てみたら六百席ぐらいの半円状の劇場。巨大スクリーンがある。そこにタキシード、イブニングの方々が座るのだ。アカデミー賞の授賞式を想像してくれればいい。見てたら、受賞者の女優さんやモデルさんは、すっごいドレス。マーメイド型やスカートの分量がハンパないイブニングの方もいる。

「だけど私たち作家は、ジミでいいのよ、ジミで。枠が違うんだから」

さっき楽屋口に入ってくる時も、

「お連れの人ですか」

と黒服のおニイちゃんに止められた私。確かにスッピンで髪はボサボサ、鏡で見たら、来る時磨いた歯磨き粉が口元についていたけど。

衣装に着替えてからも、通ってきた近道から戻ろうとしたら、

「関係者以外は通れません」

と、また別のおニイちゃんにストップされた。後ろから女優さんが来たら、さっとドア開けたくせに。

「ま、作家なんてそんなもんよ。私たちはさ、そんなこと期待されてないしさー」

なんて言ってたら、ドレスに着替えたミエコさん登場。

美しい……。もともと作家業界屈指の美女であるが、流行の真赤な口紅がスタイリッシュ。ドレスはジバンシィだって。モデルさんや女優さんにも全然ひけをとらない。小顔で、後で写真を見たら私の半分……。

しかし彼女のいいところは、私と同じで好奇心のカタマリというとこ。授賞式前のレセプションで、あたりをじっと観察している。

「え、あの人、アンミカさんじゃないですか。わー、キレイ！」

「紹介してあげるからいらっしゃい」

今夜のアンミカさんは、日本風の柄のイブニング。髪をシニヨンにしてあたりをはらうような美しさ。前回このアワードがきっかけで親しくなった。ウォーキングも教えてくださったのだ。お人柄も最高。

「本当にキレイです！ 立体的です、アンミカさんだけ飛び出して見えます。すごいです」

興奮したミエコさんは面白いことを言う。

こうしている間にも、ローラちゃんや、森星ちゃん、のんちゃん、といった人たちがゲストでやってくる。

「マリコさん、すごいです。キレイな人ばっかりですよー」

「だから言ったじゃないの。東京中の美女が集まる催しだって」

「あっあそこにいるのKōki，ちゃんじゃないですか」

「あっ、本当だ」

黒レースを着たKōki,ちゃん発見。ブルガリのアンバサダーの彼女は、昨年からちょっと大人になり、さらに美しくなっている。

「ウエスト、ほっそいですね！」

「内臓入ってないみたい。私の二分の一、いいえ、三分の一ぐらいの細さだよねー」

席に着いてからも二人で、ひそひそお喋り。

「あっ、小雪さんが入ってきた。相変わらずキレイ」

「彼女はうちの近所に住んでるんだよ。気さくな人で、会うと立話するよ」

「あっ、塩田さんだ」

現代アーティストのエース、塩田千春さんも入場。ミエコさんはこのあいだ開かれた森美術館の展覧会にも行ったそうだ。もっとトガった人かと思っていたら、素朴な感じで、ちょっと恥ずかしそうにしていたのも好感を持てた。

そして私が感動したのは、アメリカからやってきた女性起業家。日本女性である。この方はわりとふくよかな方で、二の腕にもお肉がついている。しかし全く隠すことなく、デコルテも露出の多いイブニングであった。

「これが私よ。ついたお肉も私なのよ」

という態度がとてもカッコいい。ステージに立った時、黒いイブニング姿はとても迫力がある。思わず拍手をおくった。

（次に続く）

「仕方ない」はイヤ！

ブルガリ アウローラ アワードに出席したことは、前回お話ししたと思う。

会場にいた金メダリストの高橋尚子さんは、ワンショルダーのピンクのイブニング。筋肉のついた肩と二の腕が丸見えになり、こちらはこちらで本当に素敵。

「おー、Qちゃん、セェックシー」

となれなれしく声をかける私である。二〇二〇年のオリンピックイヤーに向けてのスピーチは、とても素晴らしいものだった。

「Qちゃんって、話もお上手ですね」

「本当だよね。なんか感動しちゃった」

頷き合う私と川上未映子さんの胸や腕には、素晴らしい宝石がキラキラ。実はこのジュエリーは、すべてブルガリが貸してくださったものである。

私がつけたダイヤのリングとブレスレットは、シンプルなデザインでそれがとてもおしゃれ。

「これって、おいくらなんですか」

こっそり聞いてみたら、思っていたよりもずっと安かった。着物を買ってなかったらどちらも買えたのに残念だ。実は前回、つけたジュエリーを返すのがしのびがたく、スネークのリングを購入した私である。ブルガリでも、私に買えるほどのリーズナブルな値段であった。それは毎日つけている。

そういえば、前にテレビで誰かが言っていたっけ。

「高いものはすぐにつける。毎日つける」

来年はもっと働いて、このダイヤとブレスレットを買おう。そう決心した私。

そしてパーティーが始まり、会場は目もくらむような美女と宝石で溢れた。すごい宝石を、芸能人でもないふつうの女性がつけていたのにはびっくり。やっぱり作家ふぜいにはほど遠い世界だ。この時、

「一緒に写真撮ってください」

と綺麗な女性から声をかけられた。シルバーの素敵なイブニングに、胸にはもちろんブルガリのネックレス、ダイヤいっぱいの大きなカタチのそれは、おそらく二千万とか三千万はするものだろう。（雑誌で見て、ケタを数えたことがある）

私はこういう時、好奇心をおさえることが出来ないタチ。

「ユーはどうしてこの宝石を!?」

と聞かずにはいられないのである。

「お仕事は何をされているんですか？」

「医者です」

と彼女は言った。女医さんってそんなにお金持ちなんだろうか。美容整形でバシバシ稼いでいる女医さんを私は知っている。自分も原形をとどめないぐらい顔を直していて、ブランドと芸能人が大好き。そしてホスト狂い。

しかし目の前の女医さんは、楚々としていてふつうにキレイ。おそらくおうちが大金持ちなんだろう……。実家を頼らず、お医者さんになるいいとこのお嬢って結構いるもんなぁ……とあれこれ考える私である。

そうしていると、アンミカさんが再び登場。ジャパネスク趣味の、とても斬新なドレスをお召しだ。

「アンミカさん、一緒に写真撮ってくれませんか」

「もちろんよ」

アンミカさんはスマホを出そうとする私を制して、優雅な手つきで公式カメラマンを呼んだ。

「どうせ撮るなら、綺麗に撮ってもらいましょう」

「ありがとうございます」

そして撮った写真が、今日うちのパソコンに送られてきた。それを見た私は絶句。身内びいきのハタケヤマさえ、

「これは……」

と声を失なった。

九頭身のアンミカさんの隣に、五頭身の私がいる。真横に立っているはずなのに、アンミカさんは二メートル後ろにいるとしか思えない。

体型が違う、っていうレベルじゃなくて、もうヒトとしての単位が違うっていう感じ。

「でも、ハヤシさん……」

ハタケヤマは、なんとか慰めの言葉を口にしようと必死だ。

「アンミカさんは、ふつうの人じゃありません。パリコレに出ていたモデルさんですよ、だから仕方ないんですよ」

「そうだね……」

しかしパソコンにはまた別の写真が。それはミエコさんと写っているやつ。ドレスはどっちも同じ黒なのに、まるで違う。彼女は私より背が低いけど、顔がものすごく小さい。赤いルージュをひいて、まるでモデルさんかタレントさんみたい。

「仕方ないですよ」

とハタケヤマがまた言う。

「川上さんは若いし、美人で有名な作家さんですからねぇ」

ふと思った。私もずうっと「仕方ない」「仕方ない」と思って生きてきた。しかし「仕方ない」ってこういうことなんだって、写真でつきつけられると本当につらい。わーん、仕方ないって、努力しないことなんだよね。

買物パワー全開！

仲よしと行く、年に一度の楽しい買物旅行。

このためにお金を貯め、体調も整えている私たち。しかし体調は整っても、体型は整わなかった私。史上最高の体重となり、少しも減る気配はない。

「こうなったらいいもんね。着るもんなんか買わなくて食べまくってやるもんねー」

と完全に居直ったのである。

このツアー、最初は香港に行こうとしたのであるが、デモがかなり日常化しているので、マカオに宿をとった。大きなカジノもあるデラックスなホテルだ。一階にショッピングセンターがあり、ほとんど期待していなかったのであるが、そうはいっても買物好きの私たち。チェックインするやいなや、さっそく探険に行った。

そうしたら、ホリキさんが叫んだ。

「すごい、ここはザ・ロウやトムブラウンが揃ってて、しかもバーゲンになっている！」

元アンアンの編集長で、今はフリーのプロデューサーとして活躍しているホリキさんは、

最強のおしゃれ番長。買って買って買いまくって、そして着倒す。この日もシャネルのニットにZARAのパンツという、私なんか絶対に真似出来ないコーディネイト。しかも英語がうまいから、店員を手なづけるのは天才的だ。

さっそくあれこれ話をして、

「明日からさらに四割引きバーゲンになるらしいけど、今日のうちにめぼしいものを選んでとっといてもらいましょう」

私はザ・ロウのシンプルな黒のカーディガンを発見。これもとっといてもらう。結局初日だけで、みんなかなりのお買物をしたのではなかろうか。

次の日は、フェリーに乗って香港へ。やはりデモの影響で、かなり淋しいことになっていた。セントラルへ行くと、どこの店も空いていて、しかもセール！　まずはセリーヌに入る。

この買物旅行は、今年で七年めぐらいであるが、ホリキさんや中井美穂ちゃんのようなおしゃれな人たちは、どこへ行っても歓迎されることを私は知っている。店員さんが喜ぶのだ。

こんなことを言うのは失礼とわかっているが、中国の女の子たちはファッション偏差値はまだそんなに高くないかも。上から下まで高級ブランドでキメていても、「うーん、ちょっとなァ……」と思うことがある。

そこへいくとわれらのミホちゃんの可愛いことといったら。サカイのワンピースに、イ

ザベル　マランのスニーカーがキマってる。こんなおしゃれな着こなしの人は、なかなかいないわよね、と私も鼻が高い。

そんなわけでおしゃれ番長ご一行の四人は、どこへ行っても大切にされる。みんなホリキさんを見て、

「タダモノではない」

と思うらしい。飲み物はもちろん、倉庫の奥からいろんなものを出してきてくれる。私はセリーヌで紺色のPコートをゲット。四割引きであった。

みんなもあれこれ買い、ランチをとることになった。

「前から行きたかった、フォーシーズンズの飲茶はどう」

「あそこは無理だよ。一週間前から予約しなきゃ」

とにかく行ってみようということになったのであるが、ここもデモの影が。なんとすんなり入れたのだ。

おいしいシューマイやおそばを食べながら、明日のことを相談する。

「もう買物は充分にしたよね」

「私、マカオは初めてだから観光したいな」

とミホちゃん。

「だったら観光しながら、最高においしいエッグタルトと、牛乳プリン食べようよ」

と情報が早いホリキさんが提案。

さっそく次の日、車を頼んでポルトガル時代の建物が残る市内へ。するとふつうのお土産屋の横に、アウトレットの店があるではないか。

「マカオのアウトレットって、どうなのよ……」

などと言っていたホリキさんの目が光る。

「すごい。いろんなとこの新作もあるよ。ここは絶対にニセ物じゃないし」

メンバーの一人は、セリーヌのバッグを買った。これは一割引きであるが、プラダやバレンシアガのお財布は三割から四割引きで、私は友人のお土産を何個か。

またもやここで買物パワーに火がついた私たちは、マカオ最大のシャネルブティックに向かった。ホリキさんによると、日本にはないバッグがどっさりあるらしい。しかし、手にとることさえ出来なかった。中国人の人たちでぎっしり埋まっていて、みんなハンパじゃない買い方をしているのだ。

香港を敬遠した中国人の方々が、マカオに流れてきたらしい。それにしてもすさまじい買い方。マカオではおしゃれな客かどうかなんか関係ない。

「チャイナマネーってやっぱりすごい……」

と私たちはため息をつき、早々にひき揚げたのである。

可愛いバッグには旅をさせよ

友だちが赤いシャネルのバッグを持っていた。ニットで出来ていてとても可愛い。

「いいな、いいな」

彼女によると、銀座店で見つけた最後の一個だったという。

「今度見つけたら教えてあげる」

と言っていたのであるが、それきり音沙汰がなかった。

昨年のことだ。彼女も含めて何人かと海外旅行に行くことになった。出発まで私はいつも、ラウンジで本や雑誌を見たりする。しかし彼女はギリギリまで羽田ショッピング。この免税店で思わぬものを見つけることが多いそうだ。特にシャネルが狙い目という。

「銀座にも表参道にもないものがあって、しかも免税！　ぐっと安い」

私はそんな元気がないので、ラウンジでぼーっとしていた。すると彼女からラインが。

「あの赤いバッグがあったよ。早く来て」

そんなわけで、飛行機に乗る前にお買物。幸いなことにバッグはニットだったので、中

稼いできて
私のバッグ

の詰め物をとったら、らくらく私のトートバッグの中に入った。

その赤いバッグは、まだ使われることなく私の棚の上に置かれている。まだ使うきっかけがつかめていない。

これとは別に、うちにはバッグがごろごろしている。もう使わなくなったけれど、捨てるに捨てられない、というやつ。

友だちが、

「私がどこかに持っていって、売ってきてあげる」

と言うのであるが、そう気がすすまない。なぜならば、私はバッグをすごく乱暴に使い、バーキンでも平気で床に置いたりする。だからバッグはどれも傷んでいて、売っても二束三文だと思うのだ。

そう、思い出してほしい。私が以前、新宿の買い取り店に、バッグを三個持っていった時のことを。その時、若い店長に
「そのエルメスのバッグは、当時その革でつくられてなかった」

と難クセをつけられ、非常に腹が立ったっけ。ちなみにそのケリードールは、うちの姪が銀座に持っていき、すごい高値で売ってきてくれた。その店の店長さんは、

「こういうものは、価値のわからないところに絶対に持っていかないように」

と姪に忠告してくれたそうだ。

価値がわからなかった、あの新宿の買い取り店は、その後つぶれてしまったようである。

ザマー……、いやいや、そんな下品なことは言いません。が、その新宿の店に一緒に持っていった白いケリーバッグは、あまりにも古いので、一万円という値がつけられたっけ。エルメスのケリーが一万円だなんて。私は頭にきて、ほしいという親戚の女性にあげてしまった。

それがいちばんいい、古いバッグの活用法だと思ったのだ。

ある日、テレビを見ていたら、ブランドバッグのレンタルが、大繁盛だという。シャネルだ、プラダだというバッグが、使いたい放題使えて、しかも月の定額料金だという。

どうしてこんなことが出来るかというと、

「女性の家で眠っているバッグを、活用させることが出来るからです」

と社長は言った。

バッグを貸すと、その人にも月になかなかの金額が入ってくる。中には投資として、新しいバッグを二十個、三十個まわしている女性もいた。彼女は言う。

「働かなくても、月に十数万入ってくるんですよ」

しかもいいことには、そこの会社では傷んだバッグを、プロたちが丁寧に修理してくれるというのである。

私は赤いシャネルバッグに話しかける。

「ちょっと、稼ぎに行ってみる気ない？」

新品の最先端のシャネル、きっと大人気になるに違いない。

そういえば私の棚には、もう古くなったバーキンもいくつか。なぜだかわからないがある時から、使い古したバーキンをありがたがって持つのもなんだかなー、という気持ちが芽ばえ出した私。それならば、もっと気楽なブランドで、新しいものを使う方がいいのでは、と考えたのである。

「そうだ、あのバーキンたちにも、ちょっと働きに行ってもらおうかなー」

私はネットでその会社を調べ、宅配便で送り出そうとした。

そんな時、友人とお喋りしていて、ふとバッグレンタルの話になった。

「私だったら、大切なバッグ、どこかの知らない人に使われるのは絶対にイヤ」

ときっぱり。

「だって、どこの誰に使われるかわからないんだよー」

私は可愛い若いＯＬさんのイメージしかないのであるが。その時ふとよく使っているバーバリーの黒のバッグを開けた。中にはシミがばっちり。私が中に入れたボトルの飲み物をこぼしたのだ。自分ならいいけど、誰かにされたらイヤかも。しかしなぁ。可愛いバッグに旅をさせるかどうか、私は今とても悩んでいる。

ご無沙汰してます！

長いこと、ずっとボブにしている。パーマもかけずにストレート。私の髪がわりと多いのと、パーマをかけるとおばさんっぽくなる、という理由によるものだ。

ヘアサロンの担当者も言った。

「パーマはかけなくてもいいかもね」

しかしご存知のとおり、自分でブロウするのが大の苦手な私。しかもものぐさときている。家で髪を洗った後、ドライヤーをかけるのがめんどうくさく、そのまま寝たことも何度か。もちろん朝、悲惨なことになっている。

が、

「今日は日曜日だし」

という理由でそのままでいる。しかし、スーパーに行った時など、ウィンドウに映る自分の姿に思わずキャッ！

ざんばら髪のオバさんがそこに立っているではないか……。

そんなわけで、私は何かあるたびにヘアサロンに行く。多い時は週に三回ぐらい。これってかなり時間とお金を使っている。

「ゆるーくパーマをかけてみましょう」

という提案で、それこそ十年ぶりぐらいにパーマをかけた。今は昔と違って、パーマ液も髪を傷めないようになっているそうだ。

パーマをかけるといいことがあって、ブロウがヘタな私も、簡単に形がきまるではないか。ヘアサロンで買った高いロールブラシに髪を巻きつけ、ドライヤーをあてると、あーら、ちゃんとまとまる。

そんなわけで対談の時も、サロンに行かずにすんだ私。これからは自力でやっていけるかも。

しかしパーマをかけると、やはりコンサバになっていく。もはや年齢と体型からしてモード系にいくのは無理だから仕方ないであろう。

こう見えても若い頃の私は、最先端をいってた。いや目ざしていた。コピーライターという職業につき、髪は流行のテクノカット、女性でも後ろを刈り上げるというやつ。

着るもんはこのあいだお話ししたとおりワイズ。たまにギャルソンを買っていた。流行のものを着て煙草スパスパ吸って、六本木のそういう店に入りびたってたっけ。そういう店というのは、クラブとかじゃなくて、有名人が夜な夜な集うバーだ。新宿御苑の方にも、地下でそういうお店があった。

このあいだ本当に久しぶりにワイズで買物をして、青春の思い出をちらっと噛みしめた私。

ところでワイズのお店がある、青山通りから根津美術館にかけての通りは、ステラマッカートニー、ミュウミュウ、プラダ、イッセイ・ミヤケ、バレンシアガ、モンクレールという人気のショップが並んでいる。その中にコム・デ・ギャルソンもあるのだが、年々ハードルが高くなっていくような。

仲よしの作曲家のサエグサさんは、おトシなのによくギャルソンの派手なニットを着ている。

「僕たちみたいな仕事をしていたら、月に一度は、コム・デ・ギャルソンの店に行かなきゃダメなんだ。買わなくても、あそこに行って空気を感じなきゃいけないんだ」

とよく言っていたっけ。

が、もはや私にとって、ギャルソンは遠いところ。あそこのエッジのきいたお洋服はもう絶対に無理。だからいつも店の前を車で通り過ぎるだけであった。

そんなある日、ウィンドウに可愛いバッグを発見。シンプルだけど、なんともいい形。

「デイリーにいいかも」

と、ついドアを押した。すると綺麗な店員さんがあきらかに私に気づいて、さっと近寄ってきてくれた。

「何をお探しですか?」

嬉しかった。八年ぶりに行ったギャルソンで、私のことを知ってくれている店員さんがいるなんて。

今日び、表参道のブランドショップに入ってくと、若い店員さんにわりとそっけなく、というよりも邪険に扱われることが多い私。買いそうもないダサいおばさんと見られているらしい。

「あのね、このバッグなんかプラダなんだから」

「このコート、セリーヌなんだよ」

心の中で叫んでもムダ。このあいだ入ったとこなんか、男の若い店員が……。

いや、いや、こんなことはどうでもいい。私はギャルソンで、黒いバッグを買い、ついでに、

「あのマークがついてるカーディガンを」

とお願いした。そう、アジアでバカ売れしているあのマークつきのやつ。

とても感じがよい店員さんが、私のサイズ（L）をとりに行っているあいだ、あたりを見わたす。韓国や中国だけでなく、白人のお客も目につく。みんな日本に来たらギャルソンが欲しいんだね。

スカートをはいた、ものすごく過激な男性店員さんを発見。そうか、この店の過激度と、私のおばさん度とは正比例していって、この長いご無沙汰となってたんだ。でもカーディガンは、ふつうだけどすごくおしゃれだったよ。

男と女のループ

悪魔のおやつとは?
途中でやめられない
高カロリー
お土産にもらうこと多し

今日もジムに行った。頑張ってる。それなのにちっとも痩せない。

仲よしの友だちからラインが来た。彼女はさる食べもの関係の会社のオーナー夫人。何年か前から、彼女はバレンタイン用のチョコレートを自分でプロデュースしている。

「今年もステキなの出来たから送るわ。食べてね。でも昨年から、ずうっと試食してたら六キロも太っちゃった。もうウツになりそう……」

わかる。デブになっていくと外に出ていくのもイヤになる。人に会うのも億劫……。

話は変わるようであるが、私はよく初対面の人から、

「テレビいつも見てますよ」

と言われ、どうして？　と思う。ここんとこテレビ出演もほとんど断り、昨年、今年で出演したのはＢＳ含めて三回ぐらい。ちょっと公の仕事をしたので、ニュースによく出ていた時期もあったが、それは長くはない。

そうしたら友だちがＤＶＤを送ってくれた。それは昨年の暮れに放送された「ぴったん

こカン★カン」であった。高視聴率の人気番組だ。

そういえば、

「平成の豪邸特集で、ハヤシさんのおうち訪問を再放送させてください」

とテレビ局から連絡があったような……。

それはもう五年前のことであろうか。安住アナがうちに来てくださったのだ。豪邸でも何でもない、ふつうのうちである。

駅前の喫茶店で私が座っているシーンから始まる。

びっくりした。ものすごく痩せているではないか。もちろん他の人に比べたらデブの部類だけど、横から写されてもそんなにひどくない。

写真やテレビというのは、太っている時に過去のものを見ると、

「こんなに細かったのね」

と驚き、その反対だと
「こんなに太ってたなんて」

となる。基準はその時の自分の体型による。

四日前、私のパーソナル・トレーナーさんは、最後にお腹をマッサージしてくれながらこう言った。

「こんだけやわらかくしました。すごく落としやすくしました。後は自分で頑張ってくださいね」

なんて言いながら、

「はい、これお土産。ハヤシさんの大好物だから」

なんて芋ケンピをくれるんですよ。ひどい。私は食べまいと我慢をした。しかし昨日は本当に忙しかった。七時間ぐらいぶっ続けに原稿を書いてた。

そのうち疲れ過ぎて吐き気がしてきた。そう、もともと貧弱な私の脳ミソが酷使され、

「栄養ちょうだい、糖質ちょうだい」

とわめき出したワケ。そしてついに芋ケンピの袋の封を切った。三本だけと思ってたのに気がついたら半分食べていた……。

というように、いつものていたらくにウツウツとしながらテレビを見ていたら、俳優の東出さんが、若い女優さんと不倫をしていたという話題をやっていた。

東出さんといえば杏ちゃんのダンナさん。杏ちゃんといえば、うちの近所に住んでいたことがある。よく犬の散歩をさせていた。会うと、

「オハヨーございます」

と挨拶してくれて、とても感じがいい。このあいだパーティーで、イブニング姿をお見かけしたが、その美しいことといったら……。

まぁ夫婦のことは夫婦にしかわからないが、東出さん、ちょっと相手が悪かったかなぁ。私に言わせると、こういう小娘に秘密の恋をする資格はない。だって自分のインスタグラムに、いっぱい証拠を残しているではないか。「におわせ女」という言葉があるが、こ

れは実物をつきつけているようなもの。

そりゃ誰だって人を好きになることがある。私は物書きなんで、妻子ある人を好きになるななんて言いません。だって人の心に鍵はつけられないもの。だけど家庭ある人とつき合ったら、自ずとルールというものはあるでしょう。その点、この若い女優さんってちょっとねぇ……。

私の友人の夫は、一時期、ある人気女優さんとつき合っていた。すると彼女は、パーティーで友人にわざとすりよってきたそうだ。

「わー、元気にしてたァ？」

とか何とか腕をからめたりして、友人はもう腹ワタが煮えくり返ったそうである。

その人気女優さんは、やがて人気俳優さんと結婚して子どもが出来た。が、やがて夫の方が別のもっと若い女優さんと不倫して、二人は別れることとなった。この時、

「奥さんの方、カワイソー」

と、世間は同情していたが、事情を知っている私は、

「フン、因果応報じゃん」

と思ったものだ。

まぁ、いつの世も、男と女、同じことを繰り返しているよなー。私はずっとこの輪の中に入れなかったと、寝っころがって、芋ケンピ食べながらつぶやくのであった。

やっと手に入れた！

どうしても欲しいチケット、というのがある。パソコンやスマホで一生懸命やってみてもムリ。コネもツテもきかない。

今、話題の講談師、神田松之丞（現・伯山）さんのチケットがそう。誰に聞いても、

「あの人のは絶対にムリ」

と言われるばかり。

アイドルのコンサートだと、何万人というスタジアムでする。それでもチケット入手困難だというのに、松之丞さんの場合、数百人のホールでやるのだ。競争率がはね上がるのも当然だろう。

私と同じく、彼の講談をどうしても聞きたいという友人がいて、二人でコンビとなっていろいろな抽選に応募した。しかしはずれるばかり。私たちにとっては、今や幻の高座となっていたのである。だから、

「行ったよ。すっごくよかった」

という話を聞くたびに、うらやましくてたまらない。

そんなある日、某女性誌で、

「松之丞さんの独演会ご招待」

というのを見つけた。ここの雑誌とはとても仲がよく、長年連載していたこともある。お願い、お願い、と頼んだのであるが、

「応募がものすごく、記録的な倍率になったからダメ」

と断られてしまった。

ひどいじゃん、と一瞬思ったものの、それだけ人気ある人だから仕方ない、と諦めた。またどこかの抽選に応募すればいい……。

ところが近づくにつれ、当日行くはずだった編集者が行けなくなり、チケットをまわしてくれることに！

ごねたみたいですみませんねぇ……。

そして某ホールに行く。初めて、ナマ松之丞さんを見た。実は講談を聞くのは初めてだったが、すごいパワーで本当に面白い。たちまちひき込まれてしまった。

何よりも語っている時の、松之丞さんの色っぽいことといったら……きりりとした風貌で、なるほど人気が出るわけだ。

今日は立川志の輔さんの落語をパルコ劇場まで聞きに行ったが、ここも超満員であった。

どちらの会場も、若いおしゃれな女性の姿が目立つ。こういうのって、すごくいいですね。業界に勢いがあり、にぎわっているという感じ。

そうそう、先週、大相撲の初場所が終わり、ある部屋の打ち上げパーティーに出かけた。実は私、ここの部屋の後援会に入っている。応援しているイケメンの関取がここの部屋の所属なのだ。

青い羽織と薄茶の着物に身をつつんだ彼は、ほれぼれするぐらいカッコいい。大相撲のチケットも、本当に手に入りづらいが、また何とかして応援に行くからね、と彼に約束した。

そういえば昨年のこと、たまにチケットを譲ってくれる知り合いが、砂かぶりの席を二枚くれた。前から一列め。審判の親方の後ろの席だ。そうしたら、高須クリニックの、高須院長もいらしていた。いろいろお話しさせていただいてとても楽しかった。私たちのなごやかな様子は、多くの人が見ていたらしい。たちまちツイッターで話題となっていた。それどころか、ヤフーニュースに、

「高須院長、林真理子さんと大相撲観戦」

だって。

あのね、高須さんはパートナーの西原理恵子さんと一緒だったし、私の左隣には友人が座っていた。が、人の目には真中の二人しか見えなかったみたい。

こんなふうに大相撲も大人気であるが、私が心配しているのは歌舞伎のことである。こ

の頃、歌舞伎座や新橋演舞場に行くと、私を含めて中高年ばかりなのが気にかかる。昔は若い女の子が、小紋なんか着てグループで来ていたものだ。そう、センスのいい女性たちの間で、歌舞伎見物に行くのがブームだったことも。よく女性誌でも特集が組まれた。しかしひと頃のような華やかな空気がなくなったような気がするのだ。

歌舞伎界も尾上松也さんの世代に続き、片岡千之助さんとか若きイケメンがいっぱい育っている。どうか注意深く見て、ごひいきを見つけて欲しいと思う私。

歌舞伎界には、大スター市川海老蔵さんがいるが、今度團十郎を襲名してもはや大御所。高校生の時から個人的に知っている私には感慨深いものがある。

そして今話題になっているのが、この海老蔵さんの襲名公演だ。おそらくチケット争奪戦になるのではないかと言われているのだ。きっと女の人たちは、いいおべべを着て、歌舞伎座に詰めかけると思う。どうかアンアンの読者のような、おしゃれな女の子たちにいっぱい行って欲しいなぁ。

古典芸能に生きる男の人というのは、いろんなしがらみの中で、悩みながら生きている。修業という名の、長いトレーニングもハンパないはず。だからこそストイックなところがあり、それが魅力となっている。

ちなみにマガジンハウスは、歌舞伎座の真裏にある。それなのに歌舞伎を見たことがない編集者が多くてびっくりだ。みんな心はアイドルへ?

最先端なクチビル

久しぶりにアンアンでグラビア撮影をした。マガジンハウスのスタジオに、みなさん集まってくれた。

写真はパソコンですぐに見ることが出来る。こういう時、まわりに集まり、

「わー、キレイ」

「なんて素敵なの！」

と口々に誉めそやすことになっている。そういうしきたりというかセレモニー。こうやってモデルさんやタレントさんの気持ちをたかめるのだ。私なんかの時も、この習慣は守られていて、スタッフはつくづく気の毒だと思う。間違っても、

「このおばさん、デブ！」

などは言えないワケだ。みんな心にもないことを言い続けていく。

しかしスタイリストのマサエちゃんだけははっきりと言った。

「ハヤシさん、もっと痩せましょうよ！」

その後で、カメラマンのテンちゃんも、小声で、

「修整かけましょうかねぇ……」

だって。

みなさんすみませんねぇ……。しかしいちばんつらいのは私なんです。クローゼットの中の洋服は、ほとんどきつくなっているし、今回、着用したヨウジヤマモトの服はすべて買い取りました。こんな私に貸してくださるだけで申しわけなくて。

しかしつらい中、ヘア・メイクの面下(おもした)さんは言ってくれた。

「ハヤシさん、肌がすごくキレイですよ。ピカピカ光ってます」

そぉ、肌だけには自信がある。ダイエットは自分が努力しなきゃダメだが、肌の方は眠っていれば他人がやってくれる。頑張ればちゃんと効果があるんだもの。

一年前からのあのエステマシーン。サーマクールよりもはるかにすごい威力で、私の顔をひき上げてくれているのだ。

そして面下さんが描いてくれた私の唇。

ぽってりとなんていい形。私はこの形をおぼえておこうと、スマホで写真を撮った。

昔はタラコ唇と悪口を言われた私の唇。当時ヘア・メイクしてもらう時は、白く塗りつぶされ、おちょぼ口を描かれたものだ。そう、あの頃大流行していたのが、あのＣＭソング。

「唇よ〜、熱く君を語れ〜」

渡辺真知子さんが歌う、化粧品会社の口紅キャンペーンソング。だけどあの頃、女性の唇は薄くて小さいのがよしとされていたのである。

が、時代は変わり、女の人の唇はぽってりどんどん厚くなっていく。そして再び、あのCMソングがテレビに流れている。

「唇よ〜、熱く君を語れ〜」

こう聞いてみると、本当にいい歌である。女の人はおちょぼ口の時代を経て、大きな唇で自分を語り出したのだ。

私は撮影があってから、ラインを何度も練習した。しかしプロのようにはいかない。面下さんは、ささーっとふつうにリップを描いてくれただけで、最先端の唇になったのだ。

私は考える。私がメイクをヘタなせいもあるが、口紅もいけないのかも。

私はリップスティックを捨てられない。もっと使えるのではないかと、ペンシルでほじくっている。洗面所の棚には、シャネルやディオール、ナーズ、アディクションの使いかけがごろごろ。パレットも3枚！　いちばんよく使っていたのは、ベージュ系のもの。しかし年とともに、顔がくすんでいくので、これに赤をほじくり出して混ぜていく。

若い人の間では、真白い肌に、真赤なリップというコリアン・メイクが流行っているが、あれはやはり肌に張りがあってのもの。私のような年齢で赤を強くすると、やたら唇だけが目立つ。

こういう時、有難いのがプロの意見で、面下さんから、

「ちょっと青味がかった赤がいいと思うよ」

というアドバイスをもらっている。

「そうだ、口紅の新色を買いに行こう！」

私は決心した。

いくら十本近い口紅があっても、古いものをほじくって使っている私に明日はない。

そんなわけでデパートのシャネル売場に行き、イメージに近い口紅を買ってきた。本当は試したいところであるが、コロナウィルスがおっかない。いくら切り取ってくれるといっても、どこでどうなるかわからないものだ。

化粧品売場は、新しい品々であふれている。私はついでにアイシャドウベースに、チーク、それからアイライナーを買ってきた。チークはもらいもんの化粧品ですませていたが、新色のオレンジを、化粧部員さんにつけてもらうと、ふわーっと頰がいきいきしてきた。

そして今朝、新しい口紅を試してみた。いつもよりも、ずっとオーバー気味に描き、上唇の輪かくをぼやかしてみた。すると面下リップに近づいたような気が。

グッドジョブ！

そしてこの歌を口ずさんでいた。

「唇よ〜、熱く君を語れ〜」

もうじき春。どうしてもっと早く口紅を買わなかったんだろう。化粧品をケチるなんてサイテーだ。

輝く女性の美学

私がどうしてバーキンのことをしつこく書くか。

それは女性の歴史とバーキンが深く結びついているからである。昔からバーキンは、成功した女性の象徴であった。もしくは成功した夫を手に入れた女性のあかし。

よくラグジュアリーな女性誌のグラビアに、お金持ちの女性のプライベートな生活が出てくる。私は昔からあれを見るのが大好き。

地方の大金持ちの奥さんが出てきた。その方の居間の棚に、ずらーっとバーキンが並べられていた。三十個はあったのではなかろうか。映画「パラサイト 半地下の家族」の中にも、お金持ちの奥さんのクローゼットのシーンが。たくさんのバーキンが出てくる。

テレビを見ていたら、ものすごく稼いでいるというおミズの女の子が出てきた。稼ぎの使い道を聞かれ、バーキンと答えた彼女の手には、千六百万のクロコのバーキンが。こんな若いのに、富の象徴を知っている。

というような話を、昨日ご飯食べながら女友だちとしていた。その時思い出したことが

ある。私は彼女に尋ねた。

「ねぇ、あのバーキン、まだ使ってないの?」

今から十数年前のことになるであろうか、私は新品の黒クロコのバーキンを、彼女に買い取ってもらったのである。

理由はふたつあって、ひとつは税金にすごく苦しめられていて、すぐにキャッシュが欲しかったから。

ふたつめは、イタリアで黒のクロコの大きなバッグを買ったことにある。

当時はパリのエルメス本店に、親切な日本人の店員さんが何人かいて、こちらのオーダーをきいてくれたものだ。

パリのレストランの日本人マダムも、ものすごく一生懸命やってくれた。日本の私たちに、ちゃんとエルメスのバッグが手に入るように、彼女たちの機嫌をとってくれていたのだ。

おいしい特製のケーキをしょっちゅうお店に持っていったり、店員さんや関係者がお店にくると、シャンパンをご馳走したりしていた。

そのマダムが、やっと手に入れた黒クロコのバーキンをパリから持ってきてくれた時、しつこいぐらいに言ったものだ。

「いい、マリコさん。これは大切に持っていてね。人に譲ったりしちゃだめよ。いずれエルメスはクロコをつくらないようになるから。すごく貴重なものになるわ。あなたは飽きっぽいからよろしくね」

それなのに私は、似たようなものを持ってるしと、そのバーキンを友だちに売ってしまった。マダムが病気で亡くなったのは、それから二年後だ。ごめんなさい。

友人は、そのバーキンを買ってくれたものの、まだ早いとずっと使っていなかった。しかし気づけば彼女も五十代半ば。

「いくら何でも、もう使ってるよね」

「まだ使ってないの」

自分はクロコのバーキンにまだふさわしくないと、ずっとしまったままだそうだ。

あのおミズの若い女の子に、聞かせたいような話である。私の友人は仕事をずっと長いこと続けていて収入も得ている。社会的な地位もある。それなのにまだ早い、と言っているのだ。

私はこういう風に、自分を確かめながら一歩ずつ歩いている女性が大好き。

話は変わるようであるが、今日は朝からエステに行き、その後ジムでパーソナルトレーニングに行ってみっちり運動。ほぼ一日がつぶれてしまった。

しかし自分のために時間を使うって、なんて気持ちがいいんだろう。

田中みな実ちゃんが、女性を中心にブレイクしているのは、単に美人で可愛いだけじゃない。

「美容のために、お金と時間を使っている」

とはっきり言っていることだ。

自分に投資して、しっかりとメンテナンスする。いや、さらに上をめざしてお金と時間をかける。効果が出てくる。嬉しい。さらに頑張る。という美の歯車が、しっかり小気味よくまわっているからだ。そしてそれらにかかるたくさんの出費を、ちゃんと自分の収入で賄っていること。それが多くの女性が拍手をおくる理由だろう。

トレーニングやヨガで手に入れたプロポーションに、最新のエステや化粧品でつちかった美肌。仕事で得た人脈や自信。それはサイズは違っても、ふつうの女の子でも手に入るものである。みな実ちゃんは努力を隠さない。方法を隠さない。もう二、三年したら、バーキンをさりげなく持つ女性になるはず。

もちろんバーキンを持っても持たなくても構わない。自分の稼ぎで素敵な容姿を持ち、素敵なファッションに身をつつむ。こんな女性こそカッコいい。ａｎａｎ読者の皆さま、期待しています。

サイズがない！

某ファッション誌の女性編集長がやってきた。（マガジンハウスではない）

久しぶりに靴談議に花が咲く。この方は、私に負けずおとらず足が大きく、靴に悩んでいるのだ。以前食事をした時、

「もう靴を探すのが大変で、大変で」

と嘆いたら、

「ハヤシさん、それでは一緒に、靴ツアーに行きましょう」

ということになった。

彼女があらかじめリサーチしておいてくれた、エルメス、ジミーチュウ、セルジオロッシに行った。ジミー チュウにも大きなサイズがあり、履きやすい、ということを初めて知ったのもこの時。あれは四年前ぐらいだったろうか。久しぶりに会った私たちは、最新のニュースを交換し合う。

「あのね、セリーヌの前がスリットになっている靴が、まるで幅広の私のためにあったよ

わーん、痛いよ〜。

うだったの。三足も買って、大切に大切に履いてたけど、ついにデザイナーが代わって……」

「そうなの、あのセリーヌは、本当によかった」

「ハワイでね、セリーヌでそのデザインを見つけて嬉しかったこと。ついでに真白いレザーのスニーカーも買ったんだけど、重宝したったらないわ。でも毎日同じのを履くから、薄ねずみ色になってついに捨てたの」

「ハヤシさん、見て！」

彼女がテーブルの下から足をあげた。セリーヌのサンダル風のシューズだ。

「これもね、履いて履いてババっちくなったから、色を染めてもらったの」

「えっ、そんなこと出来るの」

「ふつうの修理屋でやってくれたよ」

そうかぁ、私もチャレンジしてみればよかった。

「ボッテガ・ヴェネタが、やっぱり真中がスリットの靴を売り出したんだけど、木型が細くてまるで入らない」

お店に行って、合う靴がないつらさは、経験した人でないとわからないだろう。

私は床の上で、編集長と足を比べっこした。彼女の方が私よりも幅はやや広い。しかし私の方がずっと甲高なのである。

「私ね、いっそ手術で小指の幅を切りたいと思ったことがある」

「わかるわ……」

そして私はとっておきの話を。

「私がいつも行くジル サンダー。あそこの靴はとても入らなかったけど、最近、ソフトレザーのシンプルなパンプス出してるよ。それがとてもいいの。見てみる？」

「見る、見る」

これも四足も買ってしまった。このパンプスの特徴は、金属の輪っかで足首をとめること。お店で試した時は確かにカチッとしまったのであるが、最近はとても無理。足首が太くなったのであろうか。

「キャー、拷問だよ」

すぐにはずしてしまった。この輪っかをとると、わりとふつうの靴になるかも。残念。

このあいだ仲よしの中井美穂ちゃんと、恒例のショッピングツアーに行ったことは、すでにお話ししたと思う。香港のシャネルの店をぶらぶらしながら、

「昔さ、やっぱりここで、靴を買ったよね。カメリアがついてたすごく可愛いやつ。だけど革が硬くて硬くて、一度も履いてないよ」

「私も」

とミホちゃん。

「マリコさん、お揃いであの靴買ったんですよ」

「そうだったよねー。私ね、もうあれ、メルカリに出すことにするよ。古いの案外いい値

段で売れるらしい」

とは言ったものの、うちに帰ってもう一度眺めてみる。やっぱり本当に美しいシャネルの靴。これを一度も履けなかった私の人生って……。

ところで、もうあたりはすっかり春の気配。いつも黒タイツで黒の同じような靴ばかり履いていた私であるが、ちょっとしたパーティーの時に、プラダのゴージャスカートに合わせて、例のジル サンダーの紺色の靴をおろした。

新品の靴をおろす時は、昼間じゃなきゃいけないって知ってましたか？

うちの秘書は秋田出身で、こういうことにとてもうるさい。ある時、夕方からの集まりに靴をおろそうとしたら、

「絶対にやめてください」

と厳しく注意された。よくないことが起こるそうだ。

そしてその紺色の靴を、隣の席に座っていた男性がじっと見ていた。

「そのステッチは、たまらなく可愛いですね」

人というのは、よく靴を見ているものだとあらためて思った。

うちの玄関は壁一面が靴のクローゼット。しかし履くのは、いつも同じ三足か四足。なんかとても間違っている。また靴ツアーに出かけることが決まったけど。

ストレス・ループ

新型コロナウイルスが猛威をふるって、予定していたイベントや講演会がのきなみ中止。

ぽっかりヒマな時間が出来たので、何をしようかなーとあれこれ考える。しかしお芝居もコンサートもみんなやってないではないか。

映画に行こうとしたら、

「それこそウイルスがうようよしてるよ」

とまわりから止められた。

先日、予約困難の和食屋さんに、ダメモトで電話をしたら、カウンターが二席空いているではないか。コロナでキャンセルが続いているとか。

来週はイケメンラガーマンたちとお花見をすることになっているのだが、どうなることとやら。

どこにも出かけられないので、何だかモヤモヤがたまってくる。

この世でいちばんいけないのはストレス。これを少なくするために、多くの人たちは知

恵を尽くしているわけだ。

「あら、私はまるっきりストレスというものがないわ」

と友人のA子さんが言った。

「本当に感じたことがないの。昔から」

それを聞いた他の人が、

「あんだけ他人にストレス与えてれば、そりゃ自分にはないだろうさ」

と苦笑していた。彼女はものすごいわがままなうえに、好き放題なことばかりしている。それでも人が寄ってくるのは、仕事が出来てお金持ちであるうえに、歯に衣着せぬ言葉が面白いから。男性も年とったのから若いのまで呼び捨て。みんな自分の子分にする。

私はそんなことは出来ない。こう見えてもとても気が小さいの、ホント。いつも人に気を遣っていじいじしている。

「あんなことを言わなきゃよかったかしら」

「私のこと、非常識と思ってるかも」

いじいじいじいじ……

これは子どもの頃から。いつも他人の顔色うかがうようなことをしていたから。今でいうスクールカーストで、最下部に属していた女の特徴だろうと思う。大人になって多少、社会的地位を得て、お金持ちになったとしても、卑屈に生きてきた影は隠せない。だからA子さんみたいな人にいつもなめられるワケ。

しかしこの頃、ストレスをうまくのり越える方法がわかったかも。

その第一はまず眠ること。〆切りがあろうとなかろうと、お風呂にゆっくりと入る。湯船の中で週刊誌やコミックを読んでリラックス。そしてベッドに入ると、すぐ睡魔が襲ってくる。だから最低七時間は眠る。私のまわりは、クリエイティブな仕事をしている人が多く、たいていが不眠症だ。睡眠導入剤を習慣的に飲んでいるから、私はよく注意する。

「こういうのを飲むこと自体がストレスだよ」

夜はマツコさん見て、バカ笑いしてお風呂に入って寝ようよ。

そして第二は他人の評価は気にしないこと。若い頃私は、

「あの人、私のことどう思ってるのかしら」

と考えていじいじいじ。

「あなたのこういうところよくないよ」

と注意を受けようものなら、世界中の人から嫌われていると思いこんだ。

大人になってよかったことの一つは、もうそういうことで悩まなくなったということ。私は何も悪いことをしていないし、ちゃんと頑張って生きてきた。それで何か言う人がいたら、もう仕方ない。仕方ないから見ないことにする。

ある超有名な女優さんが言った。

「半径百メートルの人たちに好かれてれば、どうということないのよ」

そうよ、そうよ。まわりの人たちに嫌われて一人ぼっちならつらいけど、お友だちがい

っぱいいて、お誘いがあればどうということもないじゃん。

そして私は毎晩のように楽しくやってる。うるさい夫も諦めたのか、この頃あんまり言わなくなったし。

だけど別のストレスが。そう、お察しの通り、太って洋服がまるで入らなくなったのである。このままだと、両国かどこかへ行き、Lサイズ専門店の服を買わなきゃいけないかもしれない……。

思えば今シーズン、私はジル サンダーでニットワンピを買った。きつく編んであるシャープなデザインである。それにもかかわらず、

「太ったわね」

とあのA子さんに言われた口惜しさ。

娘は毎晩、真横からスマホでパシャッと私を撮り、ハムやトドの写真と合成する。ストレスをなくすために新しいストレス発生。これって新しいウイルスみたいなもん。解決の手だてがない。

こんな時こそ！

秋に山梨県立文学館で、「林真理子展」をやってくれることになった。

生原稿はじめ、子どもの頃の写真やら、あちこちひっぱり出して学芸員の方にお渡しした。

ショックだったのは、昔の私がすごーく痩せていたこと。

「デブ」と世間から言われ、自分でもそう思ってたけど、若い頃はそんなに太ってない。何度かものすごいデブの時もあるが、まぁ、ふつうよりちょっと肉づきがいい程度。

うちのハタケヤマも、写真を見てびっくりしていた。

「この写真なんか、顔がすごーくシャープですよ。別人ですよ」

そう、今の完全なる大肥満から見ると、全くの別人。

「どうしてこんなになったんだろう。この頃はデブと思って悩んでたけど、そんなでもないじゃん」

とあれこれ写真を選んでいたら、パラッと一枚の写真が落ちてきた。

コロナに負けるな
お酒飲んで
楽しいこと
しよー

びっくりした。それは昔の彼氏と写っている写真。彼氏が私の肩をしっかりと抱いて、二人ニコッと笑っている。

心臓がわしづかみにされたみたいになった。二十代の頃、本当に本当に大好きであった。それなのに、しっかりとフラれてしまったのだ……。

別れを告げられた時のショックは、今もはっきりと思い出すことが出来る。本当に死んでしまいたいと思った。

原因はすべて私にある。ちょうどその頃私は、エッセイ集でデビューして、有名人への道を歩み始めていた。それまでふつうの女の子だった私は、もし名前が知られるようになったら、やってみたいことがいっぱいあった。

その第一は、恋人とのことをマスコミに書かれること。尾行されたり、突然フラッシュをたかれたりして、

「やめてください」

と顔を隠したりするのは、楽しそうだなぁとずっと想像していた。

最近もある若い女優さんが「におわせ女」と言われ非難されているが、あの時の私はそんなもんじゃない。テレビでもらった指輪を見せびらかしたり、

「結婚するかもねー」

なんてインタビューで答えたりしている。

そんなわけで愛想をつかされたわけだ。

整理をしていたら、ポロッと一枚出てきたスナップ写真。もうあんなに人を愛することはないだろうと思ったら、ちょっと涙が出てきた……。

まぁ、昔のことを悔やんでも仕方ない。今の私は幸せに楽しくやっている。

今、世間は新型コロナで大変だ。毎日のように患者の数や、取りやめになったイベントのことを報じている。この私にしても、チケットを取っていたお芝居やコンサートがすべて中止。なんとか席を取ってもらった大相撲も無観客だと。

こういう時こそ、ワーッと楽しいことをやりたい。LINEで、

「〇〇日はまるっきりヒマになったよ。誰か遊びませんか」

と呼びかけると、何人かがハーイと手を挙げてくれる。しかし、みんなで集まるのは、ということで実現しない。

ところで気の合う人たちと、お酒を飲む喜び。私が人生で一番めか二番めに挙げている重要事項。この時にバカバカしいことをやるともっと楽しい。

自粛要請のあるずっと前のこと。仲よしの友人からLINEが入った。

「A子ちゃんの誕生日パーティーをうちでするから来ない？」

「行く、行く」

A子ちゃんは大変なヅカファンとして知られている。

「マリコさん、なんかやってよ。宝塚の『ベルサイユのばら』か何か、余興で歌ってくれないかしら」

私はもちろんOKした。しかし歌は『ベルサイユのばら』ではなく、『エリザベート』にしたい。

「私はトートになるから、あなたはルドルフになりなさい」

と言ったら、友人もオッケーとのこと。

それから準備が始まった。遊ぶことほど命がけで頑張る、というのが私のモットーである。さっそくアマゾンで、トートに似せて金髪の長いウィッグを購入。衣装はどうしようかと考えたが、私のサイズで中世風のパンツはないに違いない。

このあいだ「ａｎａｎ創刊五十周年」のグラビアで、私が着ていたドレスを憶えているだろうか。ヨウジヤマモトの新作で、もちろんお買上げしたもの。あの中性的な感じが、黄泉の帝王、トートにぴったりではなかろうか。パンツを組み合わせれば男性っぽくなる。ステキ。

メイクもヅカファンのプロがやってくれることになった。肝心の歌は、今、ネットを見て勉強中。ＣＤもＤＶＤも買って、動作も研究しなければならない。あさっては、ルドルフ役の友人と、練習のためにカラオケに行くことになっている。

新型コロナでいろんなことがキャンセルになったが、頑張れば楽しいことがいっぱいの毎日。コンサートが中止なら自分たちで歌う。この精神こそいまいちばん大切なものだよね、なーんて。

お米って悪いもの？

新型コロナウイルスが、どんどん勢力を増している。私の故郷山梨では、今まで感染者は一人も出なかったのに、ここに来て一人、二人と出てきた。しかもその人が働いていたコンビニが、私の実家の近くではないか。

「見て、見て。ここ、うちから自転車で十分ぐらいのところだよ！」

と皆に説明する。車や電車ではなく、自転車という〝田舎の尺度〟がするっと出てくるのがさすがふるさと。

この人はふだんは農作業をし、コンビニでバイトをする。そして大阪のライブハウスに行ったのがきっかけで感染したとか。なんだかとてもアクティブな六十代である。

さて私は先週、

「コロナに負けない。コンサートがなくなったら自分で歌えばいい」

と、「エリザベート」のトートになることを宣言。ヅカファンの友人の誕生日会で、歌うことになったのだ。

その子先生

なつかしいなぁ

そのためにアマゾンでウィッグを購入。歌も一生懸命勉強していた。しかしこんなけなげな私に病魔が襲う。

風邪をひき（コロナではない）、その菌が腸にまわってしまったのである。十分おきぐらいにゲロゲロ吐いて、体はふらふら。

昨夜病院で点滴をしてもらい、やっとひと息ついたところ。

しかし、

「これもチャンスかもしれない」

と考えるところがデブの本能である。なにしろ三日間というもの、水しか摂っていないのだ。心なしか、顔が小さくなっているような。

「そうだ、ファスティングだと思えばいいんだ」

今までは伊東の断食道場に通ったりしていた。お金と時間をかけて。しかしうちでもうやってたんだ！

これを機に心を入れ替え、ダイエットに励もうと本当に思った。なぜならばベッドに寝ている時、焼き肉とか、フレンチとか、中華を思いうかべただけで〝げっ〟となる。もう食べることが本当にイヤッ、考えたくもないワ、と思ったのはツワリの時以来ではないだろうか。

しかし何かを食べなくては体がモタない。〆切りの原稿は山のようにあるし、明日は対談だってある。

そして点滴で体調がかなり戻ったのを機に、何か食べようと思う。が、こういう時頭に思いうかぶのは、お米のことばかり。熱々のおかゆさんに、梅干し、そして甘い卵焼き、ちりめんじゃこ……。そう、子どもの頃、風邪をひくと母親がつくってくれたもの。

これはノスタルジーによるものか。

それとも医学的に当然のことなのか。

私は医学的に証明されるものではないかと思う。体が体にいちばん優しい食べものを欲しがっているのだ。

そもそも、お米ってそんなに悪いものだろうか。糖質が悪者になったのは、この十年ぐらいのものではなかろうか。

私の若い頃は、鈴木その子さんの全盛期、

「やせたい人は食べなさい」

という本がベストセラーになった。その子式ダイエットは、とにかく徹底的に油を断って、その分お米をどっさり食べなさいというもの。炊きたてのごはんに、ゴマとシソを混ぜ込んだものをいつも食べ、持ち歩いていればすべて完璧と教えてくれた。

「実はね、僕はその子式、ありだと思うんですよね」

親しい肥満専門のお医者さんが言ったことがある。

「ダイエットって、結局、油をやめるか、糖質をやめるかのどっちかなんですよね。その点、その子式の方が体の負担は少ないかもしれないなあ」

最近糖質オフダイエットの弊害が、いろんなところで言われるようになった。肉や魚のタンパク質で、お腹を満たすのはわりと無理がある。お野菜を多少摂ったとしても、多くは肉に頼る。その結果、じん臓を悪くする。血圧が高くなるｅｔｃ……

それにひきかえ、お米と葉っぱを食べていれば体にもやさしく、ダイエット出来るのではないかと鈴木その子さんは言ったわけだ。

思えば、鈴木さんにはお世話になった。毎晩彼女の経営する、レストラン「トキノ」で食べているうちに、ものすごく痩せたことがある。

その代わりこのレストラン以外、外食はまず無理。なにしろ鰻も徹底的に蒸して、油をなくしていくのだ。お金は一銭ももらったわけではないが、一時期私は、その子式の看板娘のようにもなったっけ。店で働いていたオイっ子とつき合わないか、と素敵なお話をいただいたこともある。
五、六年前のことだ。ファッションブランドの広報に勤めていた知り合いの女性が、なんとその子ブランドの社長になっていてびっくりしたことがある。なんでもクラウドファンディングで、またその子式は甦ったのだとか。一緒に飲んだら、その子式化粧品をいただいた。その後会ってないけど、どうなったのかな。

風邪っぴきダイエット

神さまがダイエットのきっかけをつくってくださった。そうとしか思えない今回の風邪であった。

三日間ファスティングをしたら、お腹もすっきり。ウエストもやや細くなったような。

ちょうど対談の仕事があったので、私は買ったばかりのカーキのジャケットに、白のスカートを組み合わせた。スカートはところどころ、幾何学模様の刺繍がしてある。かわいいったらありゃしない。

もし今後もダイエットが引き続きうまくいったら、着たいお洋服がいっぱいだ。が、買う前に、チョロランマこと、私のクローゼットの中に踏み入ってみよう。

そこには一度も袖を通していない、ブランドもののブラウスやスカートが何枚もある。なんでこんなことになっているのか？　それは、

「痩せたら着よう」

と、バーゲンの時に買ったものだ。そして二年、三年と歳月はたってしまった。が、今

回ダイエットがうまくいったら、きっと今年のものとコーディネイトしてちゃんと着るつもり。長いことゴメンと謝ろう。

肝心のダイエットであるが、私は反省した。あまりにも糖質オフをやり過ぎたのではないか。糖質を抜くと確かに最初は痩せるがリバウンドがすごい。それを何回も繰り返した結果、私は痩せにくい、ゆる〜〜い体になってしまったような気がする。

それに前回もお話ししたと思うが、胃腸をやられ熱でふらふらしている時に、お肉とサラダを食べようとは思わない。心から欲しいのは、熱々のおかゆと梅干しである。ご飯には、やはり日本人としての大切な何かがある。

そして私は今回、ご飯を少し取り入れるダイエットをすることにした。それに合わせて流行の〝腸活〟も。

つい先日、韓国食材店でキムチをたくさん買った。その時に店長さんが、

「これ、読んでください」

とプリントしたメモをくれた。それはキムチ納豆のつくり方であった。納豆パックの中に、ふたつまみキムチを入れ、朝、冷蔵庫の中に入れておく。すると善玉菌がものすごく発生する。それを夕食の時に食べると、体にすごくいいというのである。私はおとといから、夜寝る前に冷蔵庫に入れるようにした。すると朝食べられる。夕飯は外食が多いので朝食べるしかないのだ。

ご飯を半膳と、野菜料理とお味噌汁。漬け物とキムチ納豆。発酵食に満ちた、最高の朝

食ではないか。においが心配であるが、今はマスクというものがある。そお、マスクがふつうとなった最近の世の中、朝からキムチを食べてもオッケーのはずだ。

というようなことを友人に話したら、

「成城石井で、におわないキムチを売ってるよ」

と教えてくれた。試してみよう。

さて、自粛自粛の世の中であるが、春がやってくれば誰もがウキウキする。私はイケメンのラガーマンたちとお花見をすることになっていたが、外では宴会禁止なので、桜の木があるおそば屋さんで、しっとり楽しむことにした。本当に楽しみだ。

私の若い友だちは、落ち着いたら彼氏と小旅行に出かけたいそうだ。海外はしばらくダメなので、みんな近場の北陸とか京都とか伊豆。じっくりと気持ちを確かめ合う、素敵な時間。

私と仲のいいA子さんも、その一人。実はA子さん、私とやや体型が似ている。余計なことであるが、酔っぱらっている私は、いろいろお節介をやいた。

「あのさ、やっぱり朝起きた時、寝顔って見られたくないよねー」

「もう一緒に旅行出かけるからには仕方ないんじゃないですか」

彼女はきっぱり。

「それからさ、寝ぞう悪いの見られるのもイヤだよね」

そういえばついこのあいだソファで寝ていたら、知らないうちに娘に撮られていた。それどころか、トドの寝ころがっている姿と合成しているのだ。娘だから傷つきやしないが、恋人にそんな風に思われるのつらいわ……。

「ハヤシさん、ご心配なく」

彼女はキッとして答えた。

「私はよく腹出して寝てますが、彼氏はよくスマホで撮って笑ってます。そういう感じですから」

すみませんねぇ、つまらない質問しちゃって。

女性にかけては一家言持つ男性の、こんな言葉が雑誌に載っていた。それは、

「女を飛行機と新幹線に乗せるな」

というもの。どういうことかというと、不倫相手の女性を、旅行に連れ出すなということであった。関係が深くなり、別れる時にゴタゴタすると。こんなこと言われたらつらいわ。会うのはホテルか、自分の部屋のどっちかだなんて。

そこへいくと、好きな人と二人、日本の春を訪ねる恋人たちはなんて幸せなんだろう。寝顔見せても、ヨダレ見せても、腹見せても笑って許してくれる。これが本当の愛。

考えることは同じ

新型コロナウイルスが大変なことになっている。

今まで日本は、地震やら台風やらいろいろな災難にあっているが、

今回は目に見えない分だけタチが悪い。

私のまわりでも、某出版社から陽性の人が出てえらい騒ぎだ。そのために二週間会社は休みだと。

これは小池知事から自粛要請が出る前の話であるが、と前置きして……。

お花見が計画されていたのであるが、公園はやめておこうということで、お庭が広いレストランに変更、そこに十二人がつどった。反省。

しかし次の日も、とある和食屋へ。実はこの日、あるVIPをお招きしていたのであるが、

「やはりこの時期なので遠慮したい」

というお申し出があった。本来なら中止にすべきなのであろうが、その方の部下の女性たちから、

こんな感じですかね

「せっかくだからやりませんか」

というリクエストがあった。私も、お店のドタキャンするのは好きじゃない。そんなわけで、VIPの方の代わりにテツオを誘ったところ、

「いいね」

彼もまたキャンセルがあり、スケジュールが空いたのだ。

「えっ、あのテツオさんが来るんですか？　あの有名なテツオさんが！」

みんな大喜びであった。テツオも女性に囲まれて嬉しそう。

四人で窓を開けた個室で食事をし、二次会なしでそそくさと解散。

ところで腸にきた風邪のおかげで、かなり痩せた（はずの）私。何がよかったってヘルスメーターにのる勇気が出た。

まずは片足を置く。

「どんな運命があったとしても、それを受け容れよう」

私は心に誓った。

ついに両方の足を置く。

「ギャーッ!!」

絶叫した。人生最大の体重が。過去、どんなにデブになっても、こんな体重だったことはない。しかし気をとりなおしてつぶやいた。

「まずは現実を直視して、それから始めるのだ……」

人は体重で人生を知る。

そんなわけで、朝、昼間は軽くし、夜はアルコールとデザートを抜くようにした。そして週に二度のジムも必ず行くこと。

一年前から青山のスポーツジムで、パーソナルトレーナーをお願いしている私。このトレーナーのA子さんとは、気が合ってたちまち友だちになった。時々は一緒に飲みに行ったりする。その時に、私の担当編集者の中で、いちばんイケメンのB氏を誘った。

「あんなカッコいい人、見たことないです」

と独身の彼女は、ぽっと頬を染めた。そういう時はかわいいんだけど、スポーツ万能の彼女は、かなりのSである。「鬼軍曹」というニックネームもあるらしい。

本当にS。トレーニングのきつさに、私がヒイヒイ言うと、「あと一分！　出来ないはずないでしょ」と怒られる。

マッサージもすごく痛い。ヒェーッと悲鳴をあげるとくすくす笑い出す。

「私は筋肉を押して痛い、っていうことはないから、その痛さがまるでわからないんですよ。どうして痛くなるのかなー、不思議」

だって。

その彼女が私のトレーニングウェアを見て言った。

「ハヤシさんのそれ、すごくいいですね」

TOKYO2020という文字と、五輪のマークが描かれている。羽田空港で三千円ぐらいで買ったもの。ずうっとこれを着ているはずだけど誉められたのは初めて。

「だってハヤシさん、オリンピックの２０２０はなくなるんだから、オリンピックグッズ、希少価値が出るはず」

えー、そうなんだ。オリンピック委員会に関係していた私は、グッズいっぱい持ってる。マスコット人形もあるし、バッジもある。しかしああいうの売るのはナンだから、こういうウェアを買っておくのもいいかも。

このジムの近くのコンビニで、ウェアを売っていた。あれを買っちゃおうかな。

「もう売り切れですよ。みんな考えることは同じです」

とA子さん。うーむ。私は後悔。延期を悲しむ前に、そんなことしようと思ったなんて。

（後述　オリンピックはずっとＴＯＫＹＯ２０２０だそうだ。）

初出『ａｎａｎ』連載「美女入門」（二〇一九年二月一三日号～二〇二〇年四月二二日号）

林 真理子（はやし・まりこ）
一九五四年山梨県生まれ。コピーライターを経て作家活動を始め、八二年『ルンルンを買っておうちに帰ろう』がベストセラーに。八六年「最終便に間に合えば」「京都まで」で第九四回直木賞受賞、九五年『白蓮れんれん』で第八回柴田錬三郎賞、九八年『みんなの秘密』で第三二回吉川英治文学賞をそれぞれ受賞。二〇一八年NHK大河ドラマの原作となった『西郷どん！』や『愉楽にて』『綴る女 評伝・宮尾登美子』など著書多数。一九九九年に第一巻が刊行されたエッセイ『美女入門』は、文庫を含め累計一四〇万部の人気シリーズ。二〇一八年、紫綬褒章受章。

美女ステイホーム

二〇二〇年六月二五日　第一刷発行

著者　林 真理子

発行者　鉃尾 周一

発行所　株式会社マガジンハウス
〒一〇四-八〇〇三
東京都中央区銀座三-一三-一〇
書籍編集部　☎〇三（三五四五）七〇三〇
受注センター　☎〇四九（二七五）一八一一

印刷・製本所　凸版印刷株式会社

ブックデザイン　鈴木成一デザイン室

 ISBN978-4-8387-3106-0 C0095

マガジンハウスのホームページ http://magazineworld.jp/